目次

茅花《つばな》流し

おりきは足袋屋雀隠《たびやすずめがく》れの茶の間に通されると、思わず目を瞬《しばた》いた。

三廻《みまわ》り（三週間）前に来たときには長火鉢《ながひばち》の他に家具らしきものが見当たらなかったのだが、現在《いま》では箪笥《たんす》、茶箪笥《ちゃだんす》、衣桁《いこう》、屛風《びょうぶ》の他に、おや、櫓型針箱《やぐらがたはりばこ》や鏡台《きょうだい》まで揃《そろ》っているではないか……。

「見違《みち》がえましたでしょう？」

柚乃《ゆずの》が面映《おもは》ゆそうに笑《え》みを湛《たた》えて、おりきに座布団《ざぶとん》を敷《し》くように勧《すす》める。

「何もかも、古道具屋で求めた使い古しなんですけどね……。けれども、こうして道具が入って、やっと、住まいらしくなりました。さっ、お茶をどうぞ」

柚乃が長火鉢の猫板《ねこいた》に湯呑《ゆのみ》を差し出す。

「では、すっかり落着かれましたのね？」

「お陰さまで……。当初は見世《みせ》を開いたのはいいが、果たしてお客さまが来て下さるのかと案じていましたが、田澤屋《たざわや》の内儀《おかみ》さんがそれはよくして下さいましてね。同居なさっているお庸《よう》さんや息子さんのお嫁さん、知人といった方々に声をかけて下さいましてね。現在《いま》では、とても公三《こうぞう》一人では間に合わないほどの忙しさなんですよ」

おりきはちらと見世のほうに目をやった。

「ああ、それで職人を雇《やと》うことになさったのですね」

柚乃は見世に視線を配ると、いえ、又吉《またきち》は小僧で、現在《いま》は席を外《はず》していますが、他に悦次《えつじ》という職人がいますの、と言う。

「まあ、僅《わず》かな間に二人も店衆《たなし》を……」

おりきが驚いて目を瞠《みは》る。

柚乃はふっと頰《ほお》を弛《ゆる》めた。

「いえ、これでもまだ足《た》りないくらいですのよ。ほら、この前、あたしも小間物《こまもの》を扱《あつか》ってみようかと言っていましたでしょう？　田澤屋の旦那さまに相談してみたところ、それはよい考えだと諸手《もろて》を挙《あ》げて賛同して下さり、早速《さっそく》、芝《しば》の小間物問屋に渡《わたり》をつけて下さいましてね。お陰で、櫛簪《くしかんざし》や白粉《おしろい》、化粧水《けしょうすい》、針や糸といったものまで扱わせていただくことになりましたの。そうなると、手代やお端女《はした》が必要となりますでしょう？　それで現在《いま》、口入屋《くちいれや》によい人を廻《まわ》してくれるようにと頼んでいるところでしてね」

柚乃がそう言ったときである。

公三がおりきのために誂《あつら》えた足袋を手に、見世のほうから入って来た。

「お待たせしやした。どうぞ、履《は》いてみて下せえ。不都合《ふつごう》がありやしたら、すぐに直しやすんで……」

これからの季節に合わせ、夏用の麻足袋《あさたび》である。

底がしっかりとした畝刺《うねざし》となっていて、いかにも履き心地《ごこち》がよさそうではないか……。

「では……」

おりきは背を返し木綿《もめん》の白足袋《しろたび》を脱《ぬ》ぐと、麻足袋を履いた。

なんと、足にぴたりと吸いつくようで、甲《こう》に弛みのひとつもなければ、足止《あしど》め（踵《かかと》）にも先付《さきづけ》（爪先《つまさき》）にも違和感がない。

おりきはこれまで三田《みた》一丁目の江戸華《えどはな》で足袋を誂えていたのだが、これまでは裁《た》ち下《お》ろしたばかりの足袋がここまで足に適合すると感じたことがなかったように思う。

「如何《いかが》でやす？」

公三が訊《たず》ねる。

おりきは振り返ると、満足そうな笑みを浮かべて頷《うなず》いた。

「ぴったりですことよ！　なんて履き心地のよい足袋なのでしょう。公三さんが足袋職人としてよい腕をお持ちなのがよく判《わか》りました。わたくしもこれからは雀隠れを贔屓《ひいき》にさせてもらいましょうね。それで、おいくら払えば宜《よろ》しいのでしょうか」

おりきがそう言うと、公三と柚乃が慌てて首を振った。

「滅相《めっそう》もねえ！　この前《めえ》も言いやしたが、これはあっしからのお近づきのしるしで……。黙って受け取ってもらわねえと困りやす」

「そうですよ。本当はこんなものでは済まないのですが、せめて、あたしたちの気持として快《こころよ》く受け取って下さいませ」

「そうですか……。では、お言葉に甘えて頂戴《ちょうだい》いたします。けれどもそうなると、わたくしどもとしましても、何かこちらさまの役に立つことを考えなければなりませんわね。と言っても、生憎《あいにく》、旅籠《はたご》も茶屋も、女衆《おなごし》は足袋を着用《ちゃくよう》しませんのでね……」

おりきはどうしたものかと思い屈《くっ》した。

女中や茶立女《ちゃたておんな》は年中三界《ねんじゅうさんがい》足袋を履かず、素足に下駄《げた》履《ば》きを旨《むね》とした。

とは言え、女将《おかみ》のおりきは立場上、真夏の暑い盛りも常に白足袋を着用しなければならず、それも、染《し》みひとつない真っ白な足袋というのであるから、これはこれで気が抜けない。

だが、女衆は足袋は履かずとも小間物はまた別ときて、倹《つま》しい小遣《こづか》いを割《さ》いて、時たま訪ねて来る担《にな》い売りから化粧水や鬢《びん》付《つ》け油などを求めていた。

殆《ほとん》どが住み込みの店衆には自《みずか》ら買い物に出掛ける余裕《ゆとり》は皆無《かいむ》といってよく、従って、担い売りは彼らにとってまことに都合がよいのである。

そうだ、小間物なら……。

おりきは目から鱗《うろこ》が落ちたような顔をした。

「でしたら、小間物はどうかしら？　こちらでは担い売りはなさいませんの？」

「担い売りですか……」

今度は、柚乃が困《こう》じ果てた顔をする。

「いずれは外廻《そとまわ》りに出たいと思っていますが、現在《いま》のところは人手《ひとで》が足りなくて……」

柚乃がそう言うのも無理はなかった。

店売りだけでも人手が足りないというのに、とても外廻りまで手が廻らない。

「女将さん、気を遣《つか》わねえで下せえ。うちは女将さんに贔屓にしてもらえるだけで有《あり》難《がて》ェんでやすから……」

公三が気を兼ねたように言う。

「では、幾千代《いくちよ》さんにお願いして、芸者衆《げいしゃし》に贔屓にしてもらいましょうか？」

「芸者衆に……。そうしてもらえると、有難ェや！」

公三と柚乃が顔を見合わせ、嬉《うれ》しそうに頬を弛める。

が、柚乃はふと思い出したように弛めた頬を元に戻すと、改まったようにおりきを瞠《みつ》めた。

「田澤屋の内儀《おかみ》さんから聞いたのですが、立場《たてば》茶屋《ぢゃや》おりきでは、なんですか、ご不幸があったとか……」

恐らく、およねのことを言っているのであろう。

「ええ。立場茶屋おりきでは大番頭の次に古参《こさん》のおよねという茶立女が亡くなりましてね」

「そうなんですってね……。なんでも、頭の中のなんとかという血管が切れたとか……。田澤屋の内儀《おかみ》さんの話では、およねさんて女《ひと》は茶立女の中でも女中頭《じよちゆうがしら》のような存在だったとかで、女将さんが大層気落ちなさったとか……。あたし、その話を聞いてすぐにでもお悔《く》やみに上がらなければと思ったんですけど、その女《ひと》のことを何も知らないあたしが女将さんをお慰《なぐさ》めするといっても、何を言えばよいのか判らず、失礼をしてしまいました」

柚乃が申し訳なさそうに目を伏せる。

「いえ、宜しいのよ。ええ、確かに、およねに死なれるとは予想だにしなかったことで、目の前が真っ暗になってしまいました……。けれども、客商売をしていますと、どんなに辛《つら》くて哀《かな》しくとも、お客さまを放っておけません。それこそ、哀しみをかなぐり捨てて、笑顔を絶《た》やさないようにしていなくてはなりませんのでね。けれども、それが救いとなってくれたのでしょうね。現在《いま》も、およねはわたくしたちと共にいる……、そう胸に言い聞かせて毎日励んでいますのよ」

「お強いですね、女将さんは……。あたしなんて、旦那さまに死なれたとき、これから先、どうしていけばよいのか判らず、くしくしとするばかりでした。公三が傍《そば》にいて支えてくれたから立ち直れたのですが、この男《ひと》がいなかったら、あたしは……」

柚乃が媚《こ》びるような目で公三を見る。

その視線に公三は慌てたようで、取ってつけたように咳《しわぶき》を打つと、じゃ、あっしはこれで……、どうぞ、ごゆるりとなさって下せえ、と頭を下げて見世に戻って行った。

おりきは一瞬交《か》わされた柚乃と公三の視線に、何故《なぜ》かしら、釈然《しゃくぜん》としないものを感じた。

田澤屋伍吉《ごきち》から聞いた話では、二人は大坂《おおざか》で主従《しゅじゅう》の間柄《あいだがら》にあったが、病床《びょうしょう》にいながらも布袋屋《ほていや》の主人《あるじ》が女房の柚乃をいたぶるのを見るに見かね、陰になり日向《ひなた》になりして柚乃を励ましていたのだが、この正月明け、主人《あるじ》が息を引き取るや、二人は新《あら》たなる人生を求めて、江戸を目指《めざ》したのだという。

「公三という男は布袋屋の番頭をしていたのだが、亭主にいたぶられる柚乃さんを見るに見かねてよ。あるとき、二人して逃げよう、内儀《おかみ》さんのことは自分が護《まも》るから、と言ったそうでよ。が、柚乃さんには病《やまい》の亭主を放り出すことは出来なかった……。とは言え、支えになってくれるのはこの男しかいないとなれば、つい、女心《おんなごころ》は公三に傾《かたむ》いてしまうわな？　だが、柚乃さんは亭主がいる身で不義《ふぎ》だけは出来ないと操《みさお》を徹《とお》したそうな……。そうしたら、今年の正月明け、亭主が息を引き取ったそうでよ。柚乃さんはやっと亭主から解放され、これで誰憚《だれはばか》ることなく晴れて公三と一緒になれるわけだが、そうなると、今度は世間が放っちゃおかないわな？　あの二人は亭主が生きている頃から出来ていたのだとか、病の亭主を後目《しりめ》に不義を働くなんざァ女房の風上《かざかみ》にも置けないとか、公三は布袋屋の暖簾《のれんほ》欲しさに旦那に一服《いっぷく》盛ったに違いないとか、耳を塞《ふさ》ぎたくなるような流言《りゅうげん》が飛び交い、外に出たら出たで、目引き袖《そで》引き噂《うわさ》される始末でよ……。二人は大坂にいたのでは商《あきな》いはおろか、生活《たつき》していくこともままならないと、見世を売って新地《しんち》を目指して江戸に出ることにしたそうでしてね」

確か、伍吉はそう言っていたのである。

おりきはその話を聞いたとき別に怪訝《けげん》に思わなかったが、たった今、柚乃が送った公三への視線……。

そこには、鰯煮《いわしに》た鍋《なべ》(離れがたい関係)となった男女、それも、昨日や今日の間柄ではない、しっとりとした艶《つや》のようなものが漂《ただよ》っていたのである。

おりきの胸がきやりと揺《ゆ》れた。

もしかすると、二人は布袋屋の主人《あるじ》が生きていた頃からの関係なのでは……。

が、おりきは慌ててその想《おも》いを振り払った。

仮にそうだとしても、それならそれでよいではないか……。

おりきは改まったように柚乃を見ると、頭を下げた。

「では、お言葉に甘えて足袋を頂《いただ》いて参ります。どうか、公三さんに宜しく伝えて下さいませ」

おりきがそう言うと、柚乃はほっと安堵《あんど》の色を見せ、微笑《ほほえ》んだ。

どうやら、柚乃はおりきの頬につと過《よ》ぎった翳《かげ》りに、どこかしら鬼胎《きたい》を抱《いだ》いたようである。

旅籠の帳場に戻ると、大番頭の達吉《たつきち》が貸本屋《かしほんや》の謙吉《けんきち》を相手に相好《そうごう》を崩《くず》し、何やら愉《たの》しげに話し込んでいた。

「まあ、謙吉さんではありませんか！」

おりきが上擦《うわず》った声を出して傍に寄ると、謙吉は照れたように、ご無沙汰《ぶさた》してしめえやした、と頭を下げた。

「そうでェ！　こいつ、現金《げんきん》なもんでよ。なつめを養女に貰《もら》うまではあれほど足繁《あししげ》くあすなろ園に顔を出していたというのに、なつめを貰ってからは一、二度顔を出しただけで、此《こ》の中《じゅう》、とんとご無沙汰だったんだもんな」

達吉がちょっくら返す。

「大番頭さん、それ以上、言わねえで下せえよ……。あっしも気になっていたんだが、本郷《ほんごう》から品川宿《しながわしゅく》はなんといっても遠く、夕餉《ゆうげ》の膳《ぜん》を家《か》族団欒《ぞくだんらん》で囲《かこ》もうとすると、どうしても、近場《ちかば》で商いをすることになりやしてね。こちらさまには脚《あし》を向けて寝られねえほどの恩を受けてるてェのに、へっ、申し訳ねえことをしてしめえやした……」

謙吉が気を兼ねたように肩を竦《すく》め、月代《さかやき》に手を当てる。

「謝ることなんてありませんわ。一家の長《おさ》として、家族のことを思うのは当然のことですもの……。それで、なつめちゃんは息災《そくさい》にしていますか？」

おりきは長火鉢の前に坐《すわ》ると、茶の仕度《したく》を始めた。

てっきり達吉が茶の一杯でも出していると思いきや、達吉は何も出していないのである。

「へえ、そりゃあもう元気で……。なつめの奴、すっかり本郷菊坂町《きくざかちょう》に慣《な》れちまいやしてね。近所の子供とも仲良くなったみてェだし、毎日、機嫌《きげん》よく手習指南所に通ってやす。正《まさ》な話、あっしもほっとしやした。当初は、脚の不自由なことや、なつめが京言葉を話すことで近所の悪餓鬼《わるがき》どもに苛《いじ》められるんじゃなかろうかと案じてやしたが、ひょうらかされたのは最初《はじめ》の一廻《ひとまわ》り（一週間）ほどで、すぐに仲間に入れてもらえたようでやしてね」

「そりゃそうだろうて……。おめえさん、さっき言ってたじゃねえか！　なつめが苛められねえようにと、おまえさんがお伽話《とぎばなし》やら絵双紙《えぞうし》をただで子供たちに貸してやったり、お杉《すぎ》さんがぼた餅《もち》を作って振《ふ》る舞《ま》ったと……。そんなことをされてみな？　餓鬼なんてもんは現金なもんだからよ。なつめと仲良くすれば某《なにがし》かの見返《みけえ》りがあると知りャ、ころりと掌《てのひら》を返したところで不思議はねえからよ」

達吉が槍《やり》を入れる。

「ええ、確かにそうなんですけどね。あっしが言いてェのはそうではなく、やっぱ、なつめの無垢《むく》な心が他の子にも伝わったってことで……。あいつ、本当に素直な娘で……。京にいた頃には大人から邪魔者《じゃまもの》扱いにされ、さんざっぱら虐《しいた》げられてきたというのに、ちっともいじけてねえんだからよ。お杉もなつめが来てくれてからというもの、生き甲斐《がい》が貰えたと言って、これまでみてェに繰言《くりごと》を募《つの》らなくなったし、第一《でえいち》、家の中が明るくなった……。あっしもますます商いに励みが出やしてね。なつめのためにも、再び一国一城《いっこくいちじょう》の主人《あるじ》になりてェという夢が持てるようになりやしたんで……」

謙吉の目が涙に潤《うる》んでいる。

恐らく、母のお銀《ぎん》のことを思い出したのであろう。

謙吉は子供の頃に大火で離れ離れになった母お銀の行方《ゆくえ》を捜《さが》そうと、江戸中くまなく貸本を担い歩き、遂《つい》に、執念《しゅうねん》ともいうべくお銀を見つけ出すや、以来、母に少しでもよい暮らしをさせようと我勢《がせい》した結果、神田同朋町《かんだどうぼうちょう》に見世を構えるまでになったのである。

謙吉をそこまで駆《か》り立てたのは、偏《ひとえ》に、母への孝行にほかならなかった。

ところが、どこで人の身の有りつきが変わるものか判らない。

数年前、見世が身代限《しんだいかぎ》りとなり、再び、お銀、謙吉母子《おやこ》は離れ離れ……。

お銀は謙吉に見つけ出されるまで生業《なりわい》としていた女掏摸《おんなすり》、泣きのお銀に舞い戻るや、人前で繰言を募ったり泣いて見せたりして相手を油断させ、その隙《すき》に他人《ひと》さまの懐《ふところ》のものを掠《かす》め取っては、得意満面《とくいまんめん》……。

つまり、謙吉の前では猫を被《かぶ》っていたお銀が、解放されるやこれ幸いと、亀蔵《かめぞう》親分の天敵《てんてき》に舞い戻ってしまったのである。

結句、お銀はそんな亀蔵との鼬《いたち》ごっこに疲れ果て、いかにも捕《つか》まえてみろとばかりに亀蔵の目の届く場所で盗みを働くと、自《みずか》ら目黒川《めぐろがわ》に身を投じて果てていった。

そのときのことを涙ながらに話した亀蔵の顔が、おりきの脳裡《のうり》をゆるりと過ぎる。

「あいつ、大人しくお縄《なわ》になりゃよかったんだ……。それなのに、お銀の奴、目黒川に向けて走り出したのよ。俺も親分も必死で追いかけた。ところが、あいつ、婆《ばばあ》のくせして、滅法界《めっぽうかい》、足が速くてよ。あっと思ったときには、川に飛び込んでいやがった……。すぐさま、俺も飛び込んだんだが、流れが速くてよ。あれよあれよという間に、洲崎《すさき》に向けて流されちまってよ。なっ、これじゃ、俺が殺したようなもんじゃねえか……。何も、岡っ引きが二人して、あそこまで深追《ふかお》いするこたァなかったんだ。今の機を逃《のが》しても、いつでも捕まえることが出来たんだからよ……。それによォ、お銀がよ、川に飛び込む前に、ちらと振り返ったんだよ。俺ァ、あの目を現在でも忘れることが出来ねえ……。怒《めえ》りでも恐怖でもなく、何かを達成したという満足の目……。いや、もしかすると、あれは至福《しふく》に達した恍惚《こうこつ》の目だったのかもしれねえ……」

亀蔵はそう言い、はらはらと涙を零《こぼ》したのだった。

謙吉はお銀が巾着切《きんちゃくき》りだったことを知らない。

謙吉が知っているのは、火事で離れ離れになるまでのお銀と、再会し、自分の庇護《ひご》の下《もと》にいたときのお銀……。

つまり、母としてのお銀しか見ていないのである。

おりきも亀蔵も、謙吉に真実を明かしていなかったし、今後もそのつもりはなかった。

敢《あ》えて、謙吉の持つ母親像を踏みにじる必要はなく、謙吉にはお銀をよい母親だったと思っていてもらいたかったのである。

と言うのも、謙吉はお銀に楽な暮らしをさせたくて我勢したからこそ、にこにこ堂という貸本屋を構えることが出来たのであるから……。

それ故《ゆえ》、見世を失い、母を失った謙吉が、今また、なつめのために新たなる夢を持ったとして、それのどこが悪かろう。

人は我がことのためにだけでなく、誰かのためにと思うことで、より一層、力が漲《みなぎ》ってくるものである。

「そうですか……。それを聞いて、わたくしも安心いたしました。さっ、お茶を召し上がれ！」

おりきが猫板の上に湯呑を置く。

「それで、おめえさん、今日は女将さんに頼みがあって来なさったんだよな？」

達吉が謙吉をちらと窺《うかが》う。

「へい」

謙吉は慌てて手にした湯呑を猫板に戻した。

「頼み？　頼みとはなんでしょう」

おりきがふわりとした笑みを送ると、謙吉は意を決したように、おりきに目を据《す》えた。

「実は……。あっしとお杉がなつめを養女に貰って幸せそうなのを見て、数珠《じゆず》屋の念《ねん》仏堂《ぶつどう》が自分ちでも養子を貰いてェと言い出しやしてね。念仏堂では、十年ほど前《めえ》に一人息子を亡くし、これまでは養子を貰うのを躊躇《ためら》っていたそうで……。あっしが思うには、あれでも、内儀《おかみ》さんがまた赤児《やや》を産《う》むかもしれねえと思っていたんじゃなかろうかと……。ところが、内儀《おかみ》さんも四十路《よそじ》を過ぎたとあっては、今さら子は望めねえ。それで、此の中、親戚筋《しんせきすじ》に適当な子はいねえだろうかと当たっていたそうなんだが、どの子も帯に短し襷《たすき》に長しで、第一《でえいち》、親が手放したがらねえ……。それで、うちがあすなろ園からなつめを貰ったことを聞きつけるや、矢も楯《たて》も堪《たま》らなくなったそうでしてね……。夫婦してうちまで押しかけて来ると、品定《しなさだ》めするかのようになつめを見てやしたが、これまでは身寄りの定かでねえ子を育てるのはと里子《さとご》の話があっても気が進まなかったが、あすなろ園にはこんなに素直なよい子がいるのか、他にもこんなよい子がいるのであれば、是非《ぜひ》うちにも……、と言い出しやしてね。ええ、念仏堂の為人《ひととなり》はあっしが保証しやす！　見世もほどほどの構えでやすし、あそこなら、安心して子供を託《たく》せやすんで……」

謙吉がおりきを瞠める。

おりきは目許《めもと》を弛めた。

「突然のことで驚きましたが、そうですねえ、考えてみましょう」

おりきがそう言うと、達吉が気を苛《いら》ったように膝《ひざ》を揺する。

「考えるまでもねえと思いやすがね！　今聞いた話じゃ、念仏堂というのはちゃんとしたお店《たな》のようだし、何より、相手は子が欲しいと言ってるんだ。あすなろ園の子に親が出来るんでやすぜ？　こんなに甘ェ話《うめ》はねえというのに、何を考えることがあるるってんでェ……」

　達吉は不服そうにぷっと頬を膨《ふく》らませた。

「それはそうなのですが、犬や猫の子を差し上げるわけではないのです。一度、念仏堂のご夫妻《ふさい》に直接お目にかかり、じっくりと考えを確かめたうえでないと、大番頭さんのように一も二もなく承諾《しょうだく》するわけにはいきません」

「確かに、女将さんがおっしゃるとおりで……。じゃ、近いうちに、あっしが二人をお連れしやしょう。あすなろ園の子供たちにも二人を逢《あ》わせてみねえと、子供たちがどんな反応を示すか解《わか》りやせんからね」

　謙吉が納得したとばかりに頷く。

「それで、念仏堂のご希望は？」

　おりきが訊ねると、謙吉がとほんとする。

「希望といいやすと……」

「嫌《いや》ですわ。聞いていないのですか？　幾《いく》つくらいの子がよいのか、男の子がよいのか女《おな》ごの子がよいのか……。それに、活発な子か、それとも大人しい子か、養子を貰うということになれば、それなりの要望があるはずですわ」

「と言われても……。いやっ、あっしは何も聞いてやせんが……。てことは、誰でもよいのじゃ……」

おりきは啞然《あぜん》とした。

商家が養子を貰うということは、その子が大人になるまでただ育てればよいというのではなく、先々、お店を委《ゆだ》ねても構わないということなのである。

誰でもよいわけがない。

それが証拠に、謙吉とお杉はあすなろ園の子供の中から一人選ぶに際し、子供たちの中でも一番幸薄《さちうす》そうな、なつめを選んだではないか……。

それは、謙吉夫婦が脚の不自由という外見よりも、なつめの持つ素直さや心根《こころね》の優《やさ》しさを見てとったからにほかならない。

しかも、当時、なつめは十歳……。

養子に貰うのであれば、これから多感《たかん》な年頃に向かおうとする子よりも、茜《あかね》のように乳離《ちばな》れして間のない、まだ何も解らない子のほうがよいに決まっている。

それでも、謙吉夫婦がなつめを選んだのは、これも縁……。

互いに惹《ひ》かれ合う何かがあったからではなかろうか。

「済みやせん……。なんだか、子供の遣いみてェなことになりやして……。ただ、あっしは今日のところは念仏堂の意を女将さんに伝え、こちらでもその腹があるかどうか確かめるつもりでやしたんで……」

謙吉が気を兼ねたように、上目《うわめ》におりきを窺う。

「解りました。謙吉さんのおっしゃるとおりですわ。まずは、念仏堂ご夫妻に子供たちと逢っていただくのが先決ですものね。わたくしどもはいつでも構いません。お見えになる日が決まりましたならば、一報《いっぽう》下さいませんか？　子供たちにはそれまでこのことは伏せておきますので……」

「ああ、そりゃそうだ……。現在《いま》から子供たちに話して、糠喜《ぬかよろこ》びをさせることになっちゃ拙《まず》いからよ！」

達吉がそう言ったときである。

板場側の障子《しょうじ》から声がかかった。

「巳之吉《みのきち》でやす。宜しいでしょうか」

恐らく、夕餉膳《ゆうげぜん》の打ち合わせに来たのであろう。

謙吉が、じゃ、あっしはこれで……、と辞儀をして去ろうとする。

おりきは謙吉に、宜しくね、と目まじすると、障子へと目をやった。

「巳之吉、お入りなさい」

夕餉膳の打ち合わせを済ませて巳之吉が帳場を出て行くと、早速《さっそく》、達吉が声をかけてくる。

「それで、女将さんはどの子を念仏堂にやるつもりなんでやす？」

どうやら、達吉は夕餉膳の打ち合わせは上《うわ》の空で、頭の中は誰を養子に出すかで一杯だったようである。

「まあ、大番頭さんは……」

おりきは開いた口が塞がらないといった顔をして、達吉を目で制した。

「へっ、こりゃどうも……。けど、あっしは気になってならねえもんで……。やっぱし、なんですかね？　養子に貰うのなら、まだ右も左も判らねえ子のほうがいいんじゃねえかと……。そう考えれば、三歳の茜が最適ってことになるが、茜にゃ悠基《ゆうき》という兄貴がいる……。兄妹を離れ離れにするのも酷《こく》な気がするし、そうかといって、念仏堂に二人纏《まと》めて引き取ってくれとも言えねえし、そんなことを考えていると頭の中がこんがらがっちまって、正な話、夕餉膳どころではなくなりやしてね」

達吉がバツが悪そうに首を竦める。

「現在《いま》の段階でそんなことを考えても仕方がないでしょうに……。わたくしたちはまだ念仏堂さんの気持を何ひとつ聞いてはいないのですよ」

「そりゃそうなんだが、やっぱ、こちらとしても腹積《はらづ》もりをしておかなきゃなんねえからよ……。仮に、念仏堂が茜をと言った場合、女将さんには悠基と茜を引き離す覚悟がおありで？　いや、これは飽《あ》くまでも、仮の話なんでやすがね」

「…………」

おりきは返事に窮《きゅう》した。

一年半ほど前のことである。

悠基と茜は立場茶屋おりきの茶屋に置き去りにされていたのである。

茶立女が客にいちゃもんをつけられ、客の目が一斉《いっせい》に七番飯台《はんだい》に注《そそ》がれたその隙《すき》に紛《まぎ》れ、二人を茶屋に連れて来た女ごが、コドモ、タノミマス、と短い文《ふみ》を置いて見世から姿を消してしまったのである。

つまり、捨子《すてご》ということ……。

当時、悠基は五歳、茜は生後十《と》月《つき》の乳飲み子であった。

早速、おりきは亀蔵親分に二人の素性《すじょう》を探《さぐ》ってもらうように頼むと、身許《みもと》が分かるまでああすなろ園で子供を預かることにしたのだが、悠基の口から判ったことは、茶屋に連れて来たのは母親ではなくおばちゃんで、父親《てておや》の名がゲンキ、絵師をしていて白《しろ》金《かね》から来たということだけ……。

これだけでは雲を摑《つか》むような話なのだが、亀蔵は諦《あきら》めず、たったそれだけの手掛かりで、下っ引き二人に白金周辺を徹底的に探らせたのである。

一方、茜の世話をすることになったキヲは、茜の身体《からだ》に青痣《あおあざ》があることに気づき、眉根《まゆね》を寄せた。

生まれつきの痣ではなく、明らかに故意《こい》につけられた痣で、それも人目《ひとめ》につかない背中や腹に何箇所も……。

もの言えぬ茜は虐待《ぎゃくたい》を受けていたのである。

悠基と茜の身許が判明したのは、十日後のことだった。

父親《てておや》の名は歌川源基《うたがわげんき》、歌川派の絵師だという。

白金猿町《しろかねさるまち》の本立寺北《ほんりゅうじ》の棟長屋《むねながや》に住み、女房のお久里《くり》が茜を産《う》んで三月《みつき》後に亡くなると、源基はお久里の従姉《いとこ》おりんを寄寓《きぐう》させて二人の子の世話や家事をやらせていたが、絵師を生業とする源基には女ごの出入りが絶《た》えなかった。

元々、源基に惚《ほ》れていたおりんは、お久里亡き後、自分が女房の座に収《おさ》まるつもりでいたのに、どうやら当てが外れたとみえる。

冗談じゃない！

餓鬼の世話や家事だけでなく、夜は夜でおさすり（表向きは下女、実は妾《めかけ》）までさせておいて、自分は次から次へと美印《びじるし》（美人）を家に引き入れるなんて……。

おりんには女ごたちが絵姿《えすがた》（モデル）にすぎないと解っていても、修羅《しゅら》の焔《ほのお》を燃やさずにはいられなかった。

二人の子がいなくなれば、あの男《ひと》、どんな反応を示すだろう……。

おりんは腹いせのつもりで、二人の子を立場茶屋おりきに置き去りにしたという。

ところが、源基は二人の子の姿が見えなくなったことにも気づいていなかったのである。

子供がいなくなったことに気づかない親がいるだろうか……。

おりきは亀蔵から話を聞いて、首を傾げた。

すると、亀蔵は業腹《ごうはら》そうに毒づいた。

「ああ、普通に考えればな……。だが、これまでも、餓鬼が周囲《まわり》にいると煩ェ《うるせ》と源基が嫌がるものだから、おりんは餓鬼を表に連れ出していたらしいのよ。それでなくても乳飲み子の世話は大変《てえへん》だ。貰い乳《ぢち》をしなくちゃなんねえし、赤児《やや》がぐずると源基から煩《うるせ》ェと怒鳴られる。次第に憤懣《ふんまん》が溜《た》まっていき、鬱積《うっせき》のはけ口が、もの言えぬ茜へと向けられるようになった……。と言うのも、悠基は五歳ときて、妙な真似《まね》をすると、いつ告げ口をされるやもしれねえだろ？　それで、茜を虐待することで、胸の支《つか》えを晴らしてたんだな」

「けれども、いかに父親《てておや》の目が絵のこと以外には向けられないといっても、子供の姿を見かけなくなったことくらい気づきそうなもの……」

　おりきはまだ納得しかねた。

「おめえが不審《ふしん》に思うのも無理はねえ……。けどよ、源基という男は元々餓鬼に愛《あい》着《ちゃく》を持っていねえのよ。寧《むし》ろ、いなければせいせいするってなもんで、現《げん》に、俺が餓鬼がいなくなったことに何故気づかなかったのかと訊ねると、とほんとした顔をしやがってよ！　そう言えば、此の中、子供の声がしなかったような……、とこう来やがった！　置きャあがれってェのよ！」

　どうやら、源基という男は微塵芥子《みじんけし》ほども子に愛着を持っていないらしい。

　常識で考えれば、子は実の親の許《もと》で育てられるべき……。

　だが、果たして、悠基と茜の場合、それで幸せといえるだろうか……。

　そう思ったおりきは、亀蔵と共に二人の子を連れて白金猿町を訪ねた。

ところが、久し振りに父親《てておや》に逢えて悦《よろこ》ぶかと思った悠基が、少しも嬉しそうな顔をしないのである。

しかも、父親は礼のひとつ言うわけでもなく、そこら辺りにうっちゃっておいてくれと言うではないか……。

そして、カッと鶏冠《とさか》に来た亀蔵に向かって、源基が投げつけた捨て台詞《ぜりふ》……。

「だからよ、俺ャ、親の資格がねえのよ。こんな親じゃ気に入らねえというんなら、いつだってくれてやらァ！　煮て食おうと焼いて食おうと、好きにしてくんな」

なんともまあ、源基はふてらっこくも（図々《ずうずう》しい）、そう言い放ったのだった。

おりきは腹を括《くく》った。

こんな親なら、いないほうがどれだけいいか……。

だったら、自分が二人を温かく包み込み、護ってやらなければ……。

以来、悠基と茜はあすなろ園の子供、おりきたち皆の家族となったのである。

あれから一年半……。

その後も、源基からは一切《いっさい》の連絡がない。

しかも、当初は、そうは言っても父を恋しがってぐずることがあるのではと危惧《きぐ》した悠基も、案に違《たが》い、端《はな》から自分には父親《てておや》はいなかったかのような顔をして、現在《いま》では、卓也《たくや》や勇次《ゆうじ》を実の兄のように慕《した》い、纏わりついているのである。

が、さすがは茜の兄とあって妹のことは心配で堪らないとみえ、茜が泣くと、何をしている最中《さなか》であっても傍に駆け寄り、茜、泣くなよ、あんちゃんがついているからよとあやし、不思議なことに茜もまた、悠基にあやされるとぴたりと泣き止《や》むのだった。

それが血の繋《つな》がりというものなのであろうが、おりきたち大人はそんな光景を目《ま》の当たりにして、胸を熱くした。

だからこそ、悠基と茜を引き離すようなことをしてはならない……。

おりきは達吉の目を見据《みす》え、はっきりと言い切った。

「わたくしはあの二人を引き離すことには賛成しかねます」

達吉がふうと太息《ふといき》を吐《つ》く。

「そうだよなあ……。だが、そうなると、一体《いってえ》誰を……。そうだ！　いっそのこと、子供たちに養子に行きてェ奴を募ってみちゃどうだろう？　案外《あんげえ》、おせんあたりが名乗りを上げるかもしれやせんぜ！」

達吉が目から鱗が落ちたような顔をする。

「おせんが……。何故、そう思うのですか？」

「へえ、こりゃ、貞乃《さだの》さまから聞いた話なんだが、なつめが謙吉夫婦に貰われていくことになったとき、なんで自分でなく、脚の悪いなつめなのかって、臍《へそ》を曲《ま》げたといやすからね」

ああ……、確か、そんなことがあったような……。

おりきの胸がじくりと疼《うず》いた。

四ツ手（駕籠《かご》）に揺られて遠ざかるなつめを見送りながら、他の子供たちが別れを惜《お》しむのを後目に、おせんは悔《くや》しそうに唇をへの字に曲げて呟《つぶや》いたのである。

「いいな、なつめちゃんにだけ親が出来て……。狡《ずる》いよ、なつめちゃん！」

傍にいた貞乃はおせんの呟きを耳にし、きやりと胸が揺れたという。

恐らく、それがおせんの本音《ほんね》と思えるから尚《なお》のこと、身の縮《ちぢ》むような思いがしたと、貞乃はおりきにそう告げたのである。

ならば、今度こそ、おせんが……。

そうは思うが、これぱかりは相手があることで、おせんがどんなに切望《せつぼう》しようと、念仏堂夫婦の目に適《かな》わなければ望み通りにはいかない。

「大番頭さん、わたくしは子供たちに希望を募ることには賛成できません。念仏堂には養子の件は伏せて、ただの慰問《いもん》という形で来てもらいたいと思います」

あっと、達吉が挙措《きよそ》を失う。

「済んません……。あっしの猿利口《さるりこう》（浅知恵）でやした。おせんをその気にさせといて、念仏堂が他の子を選んだとすれば、またもや、おせんの奴を失望させちまいやすからね……。へっ、ようがす！　あっしはもう口を挟《はさ》むのは止《よ》しやすんで……」

達吉がしおしおと引き下がる。

その潮垂《しおた》れた様子が滑稽《こっけい》で、おりきがくすりと笑う。

「なんですか、大番頭さんは！　さあさ、今宵《こよい》は久々に三婆《さんばば》の宴《えん》！　巳之吉も張り切っていましたが、わたくしたちも落ち度のないように目を配《くば》りませんとね」

「へい。じゃ、あっしは客室の点検をし、女中たちに気合を入れて来やすんで……」

達吉がひょいと会釈《えしやく》して、帳場から出て行く。

今宵は久々に、七海《ななみ》堂《どう》のご隠居七海《ななみ》に、田澤屋伍吉の女房弥生《やよい》、堺屋《さかいや》の未亡人お庸の三人、つまり、三婆の宴が催《もよお》されるのである。

伍吉の母おふなが亡くなって、はや八月《やつき》……。

おふなが生きていれば、どんなに悦んだであろうか……。

おりきはつと過ぎった哀惜《あいせき》に、思わず胸を熱くした。

「まあ、なんて涼《すず》やかで美しいんだろう！」

七海堂のご隠居七海は、おうめが運んで来た八寸《はっすん》を目にして、幼児のように燥《はしや》ぎ声を上げた。

お庸も弥生も感激のあまり、目を瞠っている。

三人が意表《いひよう》を突かれたのも無理はない。

群青色《ぐんじよういろ》の硝子《がらす》平鉢《ひらばち》に氷を張り、その上に、縦《たて》半分に切った竹筒《たけづつ》が四個と、円筒《えんとう》の竹筒が四個……。

縦半分に切った竹筒の中には、芥子《からし》蓮根《れんこん》、鰻《うなぎ》の八幡《や わた》巻《まき》、鮎《あゆ》寿司《ずし》、鮎骨煎餅《あゆほねせんべい》、鱲子《からすみ》が彩《いろど》りよく並べられ、円筒に切った竹筒の中には鱧南蛮漬《はもなんばんづけ》が……。

しかも、竹筒の隙間《すきま》に楓《かえで》の葉が涼しげに配されていて、いかにも清流《せいりゆう》を想わせる趣《しゆ》向《こう》なのである。

おうめとおきちが三人の膳に竹筒を取り分けていく。

「なんて小《こ》粋《いき》な趣向なんだえ！　でも、竹筒が四個ずつあるけど、これは一体……」

七海が目をまじくじさせると、おみのが蝶脚膳《ちようあしぜん》を手に次の間から入って来た。

膳の上には、取り皿と箸《はし》が……。

おみのがちらとおうめを窺う。

どこに置けばよいのかという意味であろう。

おうめが三人の中では最年長の七海に目を据える。

「田澤屋のご隠居さまの膳をお持ちしましたが宜しいでしょうか？」

あっと、七海とお庸が顔を見合わせる。

「女将さんの気扱《きあつかい》なんですね？　まあ、あたしとしたことが、ちっともそのことに気づかなくって……。ああ、それであたしの隣にお座《ざ》布《ぶ》団が出ていたんですね？」

「七海さんたら、婆《ばあ》さんのあたしがいつぶっ倒れてもよいようにと、お座《ざ》布《ぶ》団を二人分敷いてくれてるんだなんて言っちゃってさ……。ああ、穴があったら入りたいくらいですよ。おふなさんのことを忘れていたんだもの……」

お庸が決まり悪そうに言うと、そこに、おりきが挨拶《あいさつ》にやってきた。

「本日はようこそお越《こ》し下さいました」

おりきが深々と辞儀をすると、七海が慌てて座布団を外し、頭を下げる。

「おりきさん、よく気づいて下さいましたね。本来ならば、あたしたちのほうが言い出さなくてはならなかったのに、お恥ずかしい限りです」

するとお庸と弥生も七海に倣《なら》い、深々と辞儀をする。

「どうぞ頭をお上げ下さいませ。わたくしどもの一存《いちぞん》で陰膳《かげぜん》を設けるのは如何なものかと躊躇《ちゅうちょ》しましたが、おふなさんも悦んで下さるのではないかと思い、僭越《せんえつ》ながらも仕度させていただきました」

「ええ、ええ、それは悦びますことよ！　義母《はは》は美味《おい》しいものを食べることを何よりの愉しみにしていましたからね」

おふなにとっては嫁に当たる弥生が言う。

「考えてみれば、三婆の宴を開く契機《きっかけ》を作って下さったのは、おふなさんなんですものね……。いえね、あたしも考えなかったわけではないんですよ。おふなさんが生きていらっしたら、今宵の宴をどれだけ悦ばれたかと……。けど、陰膳にまで気が廻らなくて……」

お庸が気を兼ねたように言う。

「お庸さんが気を兼ねることはありませんわ。本来ならば、嫁の立場のあたしが気遣《きづか》わなければならなかったのですもの……」

「さあさ、皆さま、おふなさんの膳が揃ったところで、召し上がって下さいませ」

おりきがふわりとした笑みを送る。

「では、頂こうかね」

七海が鱧南蛮漬に箸を伸ばす。

「ひんやりとしていて、まさに初夏の味だこと！」

鰻の八幡巻に箸をつけたお庸が、目許を弛める。

「本当だ！　ついこの間まで温かいものにばかり手が出たというのに、このひんやりとした舌触《したざわ》りを心地《ここち》よく思うんだもんね」

「それで、今宵はこのあと何が出るのだろうか……」

七海がお品書《しながき》を手にする。

「八寸の次が椀物《わんもの》で、油目《あぶらめ》と白子《しらこ》豆腐《どうふ》、花弁独活《はなびらうど》、木の芽……。白子豆腐というのは、なんの白子だえ？」

「鯛《たい》の白子と聞いています。裏漉《うらご》しした白子に酒と塩を加えて火にかけて練《ね》り、流し缶《かん》で冷やして固めたもので、見かけが豆腐に似ていて、まったりとした味ですのよ」

「それは愉しみだこと！　で、次が向付《むこうづけ》……。今宵の向付は甘鯛《あまだい》、桜鯛《さくらだい》、車海老《くるまえび》、赤貝《あかがい》の紐《ひも》に肝《きも》。そして、蒸し物が甘鯛の桜蒸《さくらむ》し、百合根《ゆりね》、蕨《わらび》……」

「まあ、義母《はは》の大好物ばかりだこと……。義母《はは》が生きていてこの場にいたら、どんなに悦んだことでしょう」

弥生が箸を膳に戻し、目頭《めがしら》を押さえる。

「おふなさん、食べるのが大好きだったもんね……」

「ええ、それも、実に美味しそうな顔をして、出されたものは何ひとつ余すことなく平《たい》らげられましたからね」

「ああ、健啖家《けんたんか》だった……。八十路《やそじ》を超《こ》えてもあの食欲だったんだもの、正な話、あたしは現在《いま》でもおふなさんが亡くなったことが信じられないくらいでしてね」

七海が隣の陰膳に目をやり、肩息《かたいき》を吐く。

七海にはおふなの死がよほど堪《こた》えたとみえ、息子の金一郎《きんいちろう》の話では、七海は気《き》の方《かた》(気鬱《きうつ》)に陥《おちい》り、おふなの死後暫《しばら》くは床に就《つ》いていたのだという。

おりきにも七海の気持が解らなくはない。

七海は若くして連れ合いを失い、以来、女手《おんなで》ひとつで二人の息子を育て、乾物屋《かんぶつや》七海堂を支えてきたが、おふなもまた、海とんぼ(漁師)の亭主が糟喰《かすくらい》(酒飲み)ときてさんざっぱら苦労させられ、亭主の死後、それまで内職仕事だった佃煮《つくだに》作りを商いにしたところこれが当たり、品川宿門前町《もんぜんちょう》に見世を構えるや、あれよあれよという間に、大店《おおだな》の仲間入りをするほどになったのである。

だが、そこに至《いた》るまでにはさまざまな辛苦《しんく》を重《かさ》ね、七海はそんなおふなの相談役となり、陰から支えてきたという経緯《けいい》があった。

だからこそ、七海にはおふなの死が一層堪えたのであろう。

そして、お庸はといえば、亭主堺屋栄太朗《えいたろう》の死後、家屋《かおく》を田澤屋伍吉に譲渡《じょうと》した時点で出て行かなければならなかったところを、伍吉の配慮《はいりょ》でおふなの世話役という任《にん》を与えられ、以来、おふなと寝食《しんしょく》を共にしてきただけに、おふなの死が与えた心の空隙《くうげき》は半端《はんぱ》なものではなかったに違いない。

その実、おふなとお庸は嫁の弥生がやっかむほどに仲睦《なかむつ》まじく、まるで実の母娘《おやこ》のように歯に衣《きぬ》きせずぽんぽんと言い合いながら、しっかと絆《きずな》が結ばれていたのである。

それ故、おふながもうあまり永《なが》くないと悟《さと》ったお庸は、悶々《もんもん》とした。

おふなの守《も》り役という任務を終えたら、自分は田澤屋を出て行かなければならないのであろうか……と。

が、おふなはまるでそれが遺言《ゆいごん》でもあるかのように、亡くなる日の朝、家族の一人一人に訓辞《くんじ》を垂《た》れたという。

「今朝は珍しく食間で皆と一緒に朝餉《あさげ》を食べましてね……。粥《かゆ》を茶椀《ちゃわん》に半分ほどしか食べませんでしたが、何を思ってか、母が家族の一人一人に訓辞を垂れましてね。あたしには、これ以上田澤屋を大きくすることは考えなくてよい、大事なのは佃煮の味を護ること、お客さまに好かれること、そして、店衆や家族を大切にすること、自分を護るのは金ではなく脈々《みゃくみゃく》と伝えてきた田澤屋の味であり、それを支える人なのだ、と言いましてね……。母が常から教訓めいたことを言うような女ごなら驚きもしませんが、そんなことを言ったのは初めてのことで、一体、何を言い出すのだろうかと思ったら……。謂《い》わば、あれが遺言のようなものだったのでしょう。それから一刻《いっとき》（二時間）ほどして、ちょいと疲れたのでと寝床に入り、それきり眠ったままあの世に旅立ちました」

伍吉は知らせを聞いて駆けつけたおりきにそう話したのである。

おふなは弥生にはこう言ったという。

「義母《はは》はあたしにはこう言いましてね……。おまえは嫁だと思って小さくなっている必要はない、正しいと思うことは胸を張って伍吉に言うようにと……。ああ、それから、これからはお庸さんを支えに生きていくといい、血は繋がらなくとも姉妹だと思い、腹を割って付き合っていくようにとおっしゃいましてね」

すると、お庸も頷いた。

「あたしにもおなじことを言われました。何度も何度も、お庸さんの家はここなんだからね、伍吉も弥生も皆家族と思うんだよと……」

おふなはそこまで家族や見世のことを思い、ことにお庸のことは、今後も家族と思い、皆して支え合っていくようにと言い残したのである。

そのことを聞き、おりきはおふなに頭の下がるような思いがした。

女ごの細腕で佃煮屋を立ち上げ、見世が軌道に乗り伍吉に跡《あと》を託してからは、悠々《ゆうゆう》自適《じてき》とは名ばかりで、洲崎の別荘で隠遁《いんとん》生活を余儀《よぎ》なくされたが、それでも尚《なお》、凜《りん》とし続けたおふな……。

思えば、おふな、七海、お庸の三婆の宴を立ち上げたのはおふなのである。

そこに弥生が加わって、四婆《よんばば》……。

おふな亡き後、再び三婆に戻ってしまったが、この席におふなの魂《たましい》を呼ばないでどうしよう……。

おりきはそう思い、差出《さしで》と知りつつ、おふなの陰膳を仕度するようにと巳之吉やおうめに伝えたのだった。

「あら、嫌だ！　つい、しんみりとしちまったよ。おふなさん、しんみりとしたことが好きじゃなかったからね。さっ、頂こうじゃないか！」

七海がわざと明るい口調で言う。

と、そこに椀物が運ばれてきた。

「では、ごゆるりと召し上がって下さいませ」

おりきは頭を下げると、浜木綿《はまゆう》の間を辞した。

おりきは最後の甘味《かんみ》が出される頃合いを計《はか》り、再び、二階の客室へと上がって行った。

松風《まつかぜ》の間、磯千鳥《いそちどり》の間と順にお薄《うす》を点《た》てて廻り、浜木綿の間は一番最後に廻るつもりであった。

と言うのも、お庸や弥生なら、雀隠れの柚乃と公三のことを何か知っているのではないかと思ったからである。

とは言え、二人に何か秘密があるのかと、あからさまに質《ただ》せない。

が、さり気ない会話の中から、何か手掛かりになるものが摑めるのではなかろうか……。

そう思い、浜木綿の間を訪《おとず》れたのであるが、図《はか》らずも、七海が蒸し物のあとに出された強肴《しいざかな》や焼物《やきもの》、炊《た》き合わせ、ご飯物《はんもの》に感動したことを滔々《とうとう》と述べたあと、突如、雀隠れに水を向けてきたのである。

「強肴の心憎《こころにく》いこと！　天麩羅《てんぷら》、田楽《でんがく》、木の芽焼と筍《たけのこ》の三種盛りとなっていて、食材は同じでも調理の仕方でここまで風味《ふうみ》合《あい》が違うのかと驚きましたよ」

七海がそう言うと、お庸も目を輝かせて乗ってきた。

「そうそう！　筍そのものの風味が愉しめたのは天麩羅だけど、田楽がまた芳《こう》ばしくって……。味噌《みそ》の焦《こ》げた匂《にお》いが堪りませんでしたよ。木の芽焼はタレと木の芽の香りが合い混ざって、これまた堪らない……。けれども、焼物の鯛の兜焼《かぶとやき》の醍醐味《だいごみ》ときたら……。筆舌《ひつぜつ》に尽《つ》くしがたいとは、まさにこのこと！　タレをつけて焼いてあるので芳ばしくって、兜煮《かぶとに》とまたひと味違った風味合なんですものね」

「それに、締《し》めに出された蜆《しじみ》ご飯……。生姜《しょうが》が効《き》いていて、あたしなんぞ、お代わりをしてしまいましたよ！」

弥生がそう言うと、七海が思い出したように、くすりと肩を揺らした。

「お代わりといえば……。ふふっ、あたし、向付の車海老があんまし美味しかったものだから、おふなさんの分まで頂いちまいましたよ。だって、おうめさんが、皆で分けて食べてもらったほうが、おふなさんも悦ばれるでしょうって、勧め上手《じょうず》なんですもの……」

すると、お庸も弥生も照れ臭そうに言う。

「実は、あたしも椀物と鯛の兜焼を頂きましたわ」

「それで、あたしが向付、強肴と頂いたんだよね？」

七海が片目を瞑《つぶ》ってみせる。

おりきはふっと微笑んだ。

「それで宜しいのですよ。さぞや、おふなさんも悦ばれただろうと思います」

「お陰で、お腹がはち切れそうですけどね」

「じゃ、甘味はもう要《い》らないのかえ？」

七海にちょっくら返され、お庸が慌てる。

「いいい、いいえ、てんごうを言っちゃ困りますよ！　甘い物はまた別腹《べつばら》でしてね。ちゃんと葛饅頭《くずまんじゅう》が入るだけ空《あ》けてありますんで……」

「おや、柚子《ゆず》の葛饅頭かえ……。柚子といえば、雀隠れの柚乃さんのことをおりきさんは知っていなさいます？」

と、こんなふうに、七海が唐突《とうとつ》に話題を柚乃へと向けてきたのである。

お薄を点てていたおりきは、きやりと茶筅《ちゃせん》を掻《か》く手を止めた。

「柚乃さんのことといいますと……」

おりきは出来るだけ平静を保《たも》つと、点てたお薄を七海の前に差し出した。

「いえね、お庸さんや弥生さんに勧められてあたしも雀隠れで足袋を誂えることにしたんですよ。そしたら、柚乃さんの連れ合いの公三って男《ひと》……。どこかで見たようなと思ったら、なんと、柳橋《やなぎばし》の足袋屋にいた職人ではないですか！　いえね、あたしの妹が柳橋の青物屋に嫁《とつ》いでいましてね。近くによい足袋屋があるので一度そこで誂えてみてはどうかと勧められて、訪ねてみたんですよ。福々屋《ふくふくや》といいましたかしら？　そしたらまあ、妹が太鼓判《たいこばん》を押すだけあって、とても履き心地のよい足袋を作るではないですか……。あたしはすっかり気に入っちまいましてね。それから何度か足袋をそこで誂えましたかしら……。あるとき、どの職人があたしの足袋を作っているのかと訊ねたところ、呼ばれて出て来たのが最初《はじめ》に採寸《さいすん》してくれた公三さんでしてね。以来、福々屋に行くと、公三さんを呼び出して世間話を交わすようになっていたのですよ。ところが、あるとき、公三さんの姿がふっつりと見えなくなって……。店衆に訊ねても誰もが言い辛《づら》そうに言葉を濁《にご》すだけで、埒《らち》が明かない！　それで、公三さんがいないのでは足袋を誂えるためにわざわざ柳橋くんだりまで行く必要がないと思い、ぴたりと柳橋詣《やなぎばしもう》でを止めたんですけどね。妹が言うには、どうやら福々屋では、一人娘の婿《むこ》に公三さんをと思っていたらしいんですよ。ところが、あの男《ひと》、あれでなかなか隅に置けなくて、時折、五丁《ごちょう》（新吉原《しんよしわら》）に脚を向けていたというんですよ。なんでも、子供の頃に実の姉のように慕っていた女ごが五丁に売られていったそうで……。と言っても、足袋職人の分際《ぶんざい》で揚代《あげだい》までは払えない。それで、花魁道中《おいらんどうちゅう》の列の中に目当ての女ごの姿を見出し、遠目に眺《なが》めるだけで満足していたらしくてさ……。ところが、当時、振袖新造《ふりそでしんぞう》だったその女ごが身請《みうけ》されたというから、さあ大変……。たまま福々屋からも娘の婿にならないかと打診《だしん》されたばかりのところだったものだから、居ても立ってもいられなくなったんだろうね。福々屋から公三さんの姿が消えたのは、その翌日のこと……。福々屋は飼《か》い犬に手を噛《か》まれたとカンカンでさァ……。見つけ出したらただでは済まさないと猛《たけ》り狂ったというんですよ。以来、公三さんがどこに消えたのか、江戸であの男《ひと》の姿を見たという者がいなくてね……。まさか、女ごを追いかけて、大坂くんだりまで行っていたとは……。その女ごというのが柚乃さんってことなんだろうね……。けどさァ、まさかあの公三さんに品川宿門前町で再会するとはね……。しかも、田澤屋の旦那があの二人を門前町に連れて来たというじゃないですか！」

七海は竹に油を塗《ぬ》ったように話すと、喉《のど》が渇《かわ》いたのか、お薄を口にした。

「あたしも七海さんからその話を聞いて驚いちまいましてね。伍吉さんが聞いていた話と少し違うんですもの……」

お庸がそう言うと、弥生も大仰《おおぎよう》に相槌《あいづち》を打つ。

「あたしが亭主から聞いた話では、公三さんは江戸で足袋職人をしていたが、あることがあり、見世にいられなくなって大坂に渡ったところ、江戸と上方《かみがた》では足袋の作り方が微妙《びみよう》に違い、公三さんも一からやり直すには躊躇《ためら》いがあったとみえ、それで小間物屋に奉公に上がったってことと、柚乃さんが病のご亭主にいたぶられるのを見るに見かね、公三さんが陰から柚乃さんを支え励ましていたところ、幸いにも……。いえ、こんな言い方をするのは不謹慎《ふきんしん》だと解っていますよ。けど、本当に幸いにも、ご亭主が亡くなってくれた……。それで、思い切って出直そうと二人して江戸を目指したってこと……。伍吉はあの二人のそんな純な気持に絆《ほだ》されて、天狗屋《てんぐや》のあとを貸したのですからね」

「けど、別に嘘《うそ》を吐いたわけじゃないんだろう？　二人が元々知り合いだったという点が違うだけで、大坂から江戸を目指してやって来たってことに齟齬《そご》はないんだからさ……。寧ろ、幼い頃からの思慕《しぼ》を徹そうとした公三さんにあたしは喝采《かつさい》を送りたいくらいだよ。柚乃さんもそこまで男に惚《ほ》れられるとは、女ご冥利《みようり》に尽きるってもんでさ！　あたしはあの二人を応援してやろうと思っていますよ。それとも、お庸さんや弥生さんは手を引くってのかえ？」

七海に睨《ね》めつけられ、お庸と弥生が狼狽《うろた》える。

「手を引くだなんて……」

「滅相もありません！　そんなことをしたら、亭主に叱《しか》られてしまいます」

「だろう？　だったら、いいじゃないか。ねっ、おりきさん、おまえさまはどう思われます？」

七海に瞠められ、おりきは頬を弛めた。

公三が傍にいて支えてくれたから立ち直れたのですが、この男《ひと》がいなかったら、あたしは……。

そう言って、媚びるような目で公三を見た柚乃……。

その視線に慌て、取ってつけたように咳を打って、そそくさと見世に戻った公三……。

おりきは一瞬交わされた柚乃と公三の視線に、何故かしら、釈然としないものを感じたが、その答えがこれだったとは……。

おりきはやっと胸の支えが下りたように思い、ふっと頬を弛めたのだった。

「七海さんのおっしゃるとおりです。あの二人の過去に何があったにせよ、現在《いま》は、晴れて夫婦《めおと》となれたのですもの……。それに、公三さんが腕のよい足袋職人ということは、紛《まぎ》れもなき事実……。だから、七海さんは柳橋当時も公三さんの足袋を贔屓になさったのでしょうし、これからも、その気持に変わりないのですよね？　わたくしもすっかり公三さんの足袋が気に入りましてね。これからも、ちょくちょくお願いするつもりでいますのよ」

おりきの言葉に、お庸と弥生がほっと眉を開く。

「皆さんにそう言ってもらえて安堵しました……。いえね、あたしもお庸さんも、田澤屋が紹介した手前、雀隠れが理由《わけ》ありだとか、あの二人によからぬ噂があるとか思われるんじゃなかろうかと、気が気でなかったんですよ。でも、皆さんが二人の過去に何があろうと気にしないと言って下さるのなら、これで安心して、これまで通り雀隠れを応援していけます」

弥生はそう言い、深々と息を吐いた。

七海が再びふふっと笑う。

「柚子の葛饅頭から、まさか、柚乃さんの話に広がっていくとはね！　ほら、おまえさんたち、葛饅頭を食べておしまいよ。要らないのなら、あたしが頂いちまいますからね！」

七海にひょうらかされ、お庸と弥生が慌てて黒文字《くろもじ》に手を伸ばす。

おりきと七海は顔を見合わせ、くすりと笑った。

貸本屋の謙吉が市谷田町《いちがやたまち》一丁目の数珠屋念仏堂夫婦を連れて来たのは、五月も半《なか》ばのことだった。

主人《あるじ》の嘉右衛門《かえもん》は四十路半ば、女房の一世《かずよ》は四十路を過ぎたばかりというところであろうか……。

二人とも品のよい面差《おもざ》しをしていて、ことに女房の一世はふくよかでぽっとりとした仏性《ほとけしょう》の女ごと見て取れた。

「謙吉さんからお聞き及《およ》びと思いますが、あたしどもは十年前に一人息子を亡くしまして……。家内が二度流産したあとにやっと無事に生まれた息子だったのですが、三歳になったばかりのときに死なせてしまい、それはもう、落胆してしまいました。以来、残念ながら子に恵まれず、周囲《まわり》の者からいい加減《かげん》には養子を貰うことを考えてはどうかと勧められていたのですが、あたしたち夫婦は三歳で亡くした息子のことがいつまでも吹っ切れないままでいたのです。けれども、念仏堂の先行《さきゆ》きを考えれば、そろそろ跡継《あとつ》ぎを立てなければ……。それで、親戚筋から適当な子をと思い当たってみたのですが、あたしの身内にも家内の身内にも見合った子が見つからず、半ば諦めかけていたところ、謙吉さんがあすなろ園から養女を貰われたという話を耳にしましてね……。なんですか、こちらさまでは身寄りのない子を集めて、我が子のように育てておられるとか……。お恥ずかしい話なのですが、これまで、あたしどもではそのようなお助け小屋のようなものがあることは知っていましたが、どうせ、孤児《みなしご》の寄せ集めで、ろくに躾《しつけ》もされていないのだろうと高を括っていましてね。ところが、謙吉さんがあすなろ園から娘を貰われたというではありませんか……。あたしは謙吉さんの為人《ひと》を知っていますからね。この男があすなろ園の娘《こ》を養女にしたというのであれば、これは概念《がいねん》を改めなければと思いましてね。それで、取る物も取り敢えず、本郷菊坂町に駆けつけたというわけでして……」

嘉右衛門が人の善《よ》さそうな顔をおりきに向ける。

すると、一世が嘉右衛門に目まじして、続けた。

「なつめちゃんって、なんて素直なよい娘《こ》なのでしょう！　脚が不自由なことを引け目に感じることなく、真《ま》っ直《す》ぐに前を向いて生きていこうとする姿に胸を打たれましてね……。お杉さんにもよく懐《なつ》いていて、お杉さんとなつめちゃんを見ていると、それはもう、実の母娘《おやこ》そのものなのですもの……。あたし、この男《ひと》に言ったんですよ。不憫《ふびん》な身の有りつきだというのに、いじけたところがどこにもなく、傍にいてくれるだけで心が和《なご》むのはどういうことなのだろうか、おまえさま、あたしたちは考えを改めなければなりませんよって……。それで、すぐさま、あたしたちにもあすなろ園を紹介してもらえないだろうかと、謙吉さんにお願いしたのです」

嘉右衛門も頷く。

「ここに来て、女将さんにお逢いしてすぐに、あすなろ園がどんなところなのか解りました。謙吉さんの話では、女将さんは立場茶屋おりきの旅籠、茶屋、あすなろ園、彦蕎麦《ひこそば》のすべてを束《たば》ね、店衆や子供たちを家族のように慈《いつく》しんでおられるとか……。正な話、言葉で聞いただけでは、そんな菩薩《ぼさつ》のような女ごがいるだろうかと疑心暗鬼《ぎしんあんき》でいましたが、お逢いしてすぐに、その言葉に嘘はなかったと悟りました。そうして、ふわりと周囲《まわり》を包み込んでしまう温かな雰囲気……。成程《なるほど》、ここで育った子供ならば孤児にありがちな卑屈《ひくつ》さはないだろうし、まず間違いなかろうと思いましてね」

嘉右衛門はまさか歓心《かんしん》を買うつもりで言ったわけでもなかろうが、おりきは尻こそ痒《ばゆ》さに面伏《おもふ》した。

「念仏堂さま、それは買い被《かぶ》りにございますわ。わたくしは決して菩薩のような女ごではありませんし、ときには店衆や子供たちを叱ったり、苦言《くげん》を呈《てい》することもありますのよ。ただ、店衆や子供たちは皆家族……。それだけは、日頃から座《ざ》右《ゆう》の銘《めい》にして参りました。縁あってここに集《つど》ったからには、支え合い励まし合って、家族のようにして暮らしていきたいと思っていますのでね……。それで、わたくしどもでも大凡《おおよそ》のことは謙吉さんから聞いて解っているつもりなのですが、ひとつ、確認しておきたいと思いましてね。念仏堂さまでは養子を貰いたいと仰《おお》せですが、それは人別帳《にんべっちょう》に記載《きさい》するという意味で、つまり、先々、その子を跡継ぎにと思っていらっしゃるということ……」

おりきが嘉右衛門と一世に目を据える。

「ええ、勿論《もちろん》、そのつもりでおりますが……」

「では、よいと思って選んだ子がその器《うつわ》でないと知ったら、どうなさいます？」

「…………」

「…………」

二人はとほんとした顔をし、続いて、顔を見合わせた。

「どうすると言われましても……」

嘉右衛門が困じ果てたようにおりきを見る。

「その時点で、やはり、この子は必要ないといって突き返されます？　それとも、わたくしどもに悟られないように、犬猫でも捨てるようにどこぞに放り出されます？」

「滅相もない！」

一世が慌てて首を振る。

「そんなことが出来るわけがありません！　もしも、その子が腹を痛めた我が子だとすれば、多少出来が悪くても、目の中に入れても痛くないと思うはず……。あたしたちは我が子と思って養子に貰うつもりでいるのです。この子ならと選んだ子が先々見世を委ねる器でないと知ったからといって、放り出すわけがありません！」

「家内の言うとおりです。確かに、跡継ぎは必要です。だからといって、ひとたび貰った子を器でないからといって無下《むげ》に扱えるわけがありません。後継者《こうけいしゃ》のことはまた考えればよいのですからね。我が子として貰ったからには、あたしたち夫婦がどんなことをしてでもその子を護ってみせましょうぞ」

嘉右衛門もきっぱりと言い切った。

おりきがふわりとした笑みを返す。

「お二人の気持は解りました。ごめんなさいね、意地悪な質問をしてしまいました。けれども、お二人の気持が聞けて安心いたしましたわ。それで、男の子をお望みなのですか？　それとも、女ごの子……」

嘉右衛門と一世はまたもや顔を見合わせた。

「見世を託すとなったら男の子のほうがいいのだろうが……」

「あら、女ごの子もよいではないですか！　先々、婿を取れば済む話ですもの……。それこそ、あとになって貰った子が跡継ぎの器でないと悟ったとしても、娘なら、婿を取ることで解決しますからね」

「成程、それも道理だ……」

「では、女ごの子ってことで！」

一世がもう決まったことのように、胸前で手を合わせる。

おりきは慌てた。

「お待ち下さいませ！　現在《いま》、あすなろ園には四人の女ごの子がいますが、そのうち二人には親がいましてね。夕方になると親元に戻って行きます。そして、あとの二人は十一歳のおせんと、三歳の茜……。ですが、茜には四歳年上の兄悠基がいましてね。それに、茜と悠基兄妹には父親《てておや》がいます。まっ、いるといっても、いないにも等しい《ひと》のですが……」

「父親《てておや》がいるけど、いないにも等しいとは？」

一世が訝《いぶか》しそうな顔をする。

「実は、あの二人の父親《てておや》は絵師でして……」

おりきは悠基と茜をあすなろ園で育てることになった経緯《いきさつ》を話して聞かせた。

「まあ、煮て食おうと焼いて食おうと好きにしてくれと放り出したのですって？　なんて酷《ひど》いことを……。人畜生《にんちくしょう》とは、その男のことをいうんですよ。それを聞いたからには、尚さら、その娘《こ》が不憫で……。三歳といえば、あたしたちの息子が亡くなった歳《とし》……。ねっ、おまえさま、その娘《こ》にしましょうよ！　克也《かつや》が女ごの子に生まれ変わって来てくれたと思えばよいのですもの……」

一世が嘉右衛門の顔を覗《のぞ》き込む。

「ああ、そうだよな……。十一歳といえば、なつめちゃんと同《おな》い年だが、既《すで》にものの解る年頃だけに難《むずか》しいことがあるかもしれない……。それでも、その娘《こ》がなつめちゃんのように素直な娘《こ》であるというのなら話はまた別なんだが、とにかく、二人に逢ってみようではないか！」

すると、それまで黙って皆の話に耳を傾けていた謙吉が、さっと割って入ってきた。

「いいですか、今日のところは、飽くまでもあすなろ園を慰問に来たってことで徹して下せえよ。子供たちには養子の話は一切してやせんので……」

「ああ、解っている。それで、家内が子供たちの土産《おみや》にと大量の柏餅《かしわもち》や粽《ちまき》を持参したのだからよ」

嘉右衛門がそう言うと、一世が、ほら、これですよ！　と風呂敷包《ふろしきづつ》みを掲《かか》げてみせる。

「ああ、それで安心しやした。いえね、あっしもあすなろ園を訪ねるのは久し振りなもんだから、絵双紙を持って来やしたんで……」

謙吉が委《まか》せておけとばかりに、おりきに目まじしてみせる。

「では、謙吉さんにお委せしますわね。わたくしまでついて行くと仰々《ぎょうぎょう》しくなり、子供たちに何かあると勘繰《かんぐ》られても困りますからね」

おりきはそう言い、あすなろ園に三人を送り出した。

「三人があすなろ園に行って、もう一刻半《いっときはん》（三時間）になりやすぜ。一体《いってえ》、何をしてるんだろうか……」

達吉が気を苛ったように膝を揺する。

「なんですか、達吉は……。少し落着いていられないのですか！　一刻半も戻って来ないということは、念仏堂ご夫妻があすなろ園を気に入られたということ……。さぞや、子供たちと一緒にいて愉しいひとときを過ごしておられるのだと思いますよ」

おりきが苦笑《くしよう》する。

「違《ちげ》ェねえ。愉しくなければ、すぐに引き上げてくるだろうからよ。だが、それにしても、遅すぎらァ……。ちょいと様子を見て来やしょうか？」

「お止しなさい！　そんなことをするものではありません」

おりきがそう言った、そのときである。

「ただいま戻りやした」

玄関側から声がかかり、障子がするりと開かれた。

「ささっ、今、お茶を淹《い》れますので、どうぞお入り下さいませ。それで、如何でした？」

おりきが茶の仕度をしながら訊ねる。

一世はふくよかな顔に満面《まんめん》の笑みを湛えた。

「あたし、これまでこんなに愉しいことってありませんでしたわ！　どの子も皆、とてもよい子で……。男の子は元気がよくって明るくて、女ごの子のまた愛らしいこと！　それに、見ていると、女ごの子っておませなんですね。おいねちゃんもみずきちゃんもおせんちゃんも、勇坊《ゆうぼう》より歳下《としした》だというのに、勇坊が燥ぎすぎて大声を出すと、お客さまの前ではしたない真似《まね》をするもんじゃないって叱りつけていましたからね」

一世がそう言うと、嘉右衛門も仕こなし顔に頷く。

「いや、勇次という子は実に活発な子ですね。それに引《ひ》き替《か》え、卓也という子はさすがは十七歳とあって、落着いていたな……。なんでも、あの子は板前の修業をしているそうではありませんか。女将さん、先々、愉しみですな！　そして、悠基……。この子も実にしっかりしている。妹が可愛《かわい》くて堪らないのか、家内が茜ちゃんを抱くと、不安げな顔をして傍に寄って来ましてね。いえ、勿論、あたしたちは何も言っていませんよ。だが、言わなくても、子供心に何か悟っていたのでしょうよ。妹を取られるのではないかと警戒しているように見受けられましたからね」

「さっ、お茶をどうぞ……。それで、おせんは如何でした？　あの娘《こ》は数年前の地震で母親を亡くしましてね。端《はな》から父親《てておや》のいない娘《こ》でしたので、それこそ天涯孤独《てんがいこどく》の身になりましてね……。素直な、心根の優しい娘《こ》だと思いますが……」

おりきがそう言うと、一世がちらと嘉右衛門を窺う。

「ええ、確かに、おせんちゃんは愛らしい娘《こ》でしたわ。親のいるおいねちゃんやみずきちゃんに比べると、人恋しさも一入《ひとしお》とみえ、あたしに擦《す》り寄るようにしてきましたし、おばちゃん、唄《うた》を歌ってあげようかと言って童唄《わらべうた》を歌ってくれましてね……。けれども、先ほども言いましたように、茜ちゃんを抱くと、亡くなった克也が戻ってきてくれたような気がして……。それに、茜ちゃんにはまだ何も解っていないので、あたしたちを警戒することも知らない……。あやすと、キャッキャッと声を上げる姿が愛らしくってね……。ああ、けれども、悠基ちゃんが妹から離れるのを嫌がるでしょうね」

「では、お二人とも、茜をとお思いなのですね？」

「ええ……。茜ちゃんを見るまでは、兄妹を離れ離れにするのは如何なものかと思っていましたが、逢ってしまうと、もう堪らなくなってしまいました。心の中で、あの娘《こ》は無理だと言い聞かせれば言い聞かせるほど、諦めがつかなくなってしまいましてね……」

嘉右衛門が苦渋《くじゅう》の表情をする。

「そりゃね、あたしたちもおせんちゃんを養女にするのが一番すっきりすると解っているんですよ。けれども、茜ちゃんのあの愛らしさを目にしてしまったものですから、どうしても、茜ちゃんに心が傾いてしまって……。あたしたちがこんな気持でいるというのに、我が心に蓋《ふた》をしておせんちゃんを貰ったとすれば、今後何かある度《たび》に、この娘《こ》が茜ちゃんだったら……、と比較してしまいそうで、それでは、おせんちゃんが可哀相《かわいそう》だと思うんですよ」

一世が縋《すが》るような目でおりきを見る。

重苦しいものが、おりきの胸をじわじわと塞いでいく。

確かに、一世の言うとおりなのである。

一世たちが茜に未練を残しながらもおせんを貰ったとして、果たして、おせんが幸せになれるであろうか……。

おせんは十一歳……。

多感な年頃になれば、義父母との間に感情の食い違いが生じるやもしれない。

が、心を痛めるのはおせんばかりではなく、一世が言うように、そのときになって茜を選ばなかったことを悔《く》いることになり、両者の溝《みぞ》はますます深くなるだろう。

ならば、無理して、おせんは念仏堂に貰われていくことはない。

おせんでなければと言ってくれる者が出てくるまで待てばよいのだし、もしそんな者が現れなかったとしても、このままあすなろ園にいて、ここから奉公に出るなり嫁に行くなりすればよいのであるから……。

おりきは勘《かん》のよいおせんが、念仏堂夫婦の来訪をただの慰問でないことに気づいているように思った。

だから、気に入られようと一世の傍に擦り寄って行き、おばちゃん、唄を歌ってあげようか、とお髭《ひげ》の塵《ちり》を払うようなことをしたのであろう。

ああ……、この件は長引かせてはならない。

恐らく、おせんだけでなく他の子も気づいているだろうから、長引かせれば長引かせただけ子供たちを翻弄《ほんろう》してしまい、挙句《あげく》、疵《きず》つけることになったら……。

「解りました」

おりきは二人に目を据えた。

「お二人は茜をお望みなのですね？　けれども、茜には兄の悠基がおります。わたくしどもといたしましては、兄妹を離れ離れにすることは如何なものかと思っています。ですが、これは茜の将来がかかっていること……。一時の感情で、茜の将来を奪《うば》うのは考えものですからね。問題は、悠基がそれを納得するかどうかということですが、あの子は七歳ながらも実にしっかりとした子です。念仏堂の養女になることがどれだけ茜の幸せに繋がるのかと筋立《すじだ》てて説明してやれば、もしかすると、耳を傾けてくれるかもしれません。ねっ、どうでしょう？　悠基をここに呼んで話してみては……」

おりきがそう言うと、嘉右衛門はあっと息を呑《の》んだ。

「ここに、悠基を……」

「おまえさま、女将さんがああおっしゃるのですもの、あたしたちの口から悠基ちゃんを説得してみましょうよ！　それで駄目なら、きっぱりと茜ちゃんのことは諦めるってことで……」

一世が嘉右衛門に手を合わせる。

「それで駄目なら、おまえは茜ちゃんのことを諦め、おせんちゃんで我慢《がまん》するというんだな？」

「ええ……。おせんちゃんも悪い娘《こ》ではありませんもの……。それに、謙吉さんのところだって、なつめちゃんとあんなに仲睦まじく暮らしているんですもの、なつめちゃんに比べれば、おせんちゃんは五体満足《ごたいまんぞく》……。それだけでも、有難《ありがた》いと思わなくてはなりませんわ」

おりきは一世の言葉に唖然とした。

おせんで我慢するという嘉右衛門も嘉右衛門ならば、なつめに比べて五体満足なだけ有難いと言う一世……。

二人とも悪気《わるぎ》があって言ったとは思えないが、それにしても……。

おりきは思わず謙吉の顔を窺った。

が、さすがは甲羅《こうら》を経《へ》た、結構人《けっこうじん》の謙吉……。

別に嫌な顔もせず、平然としているではないか……。

思うに、謙吉には他人《ひと》に何を言われようとも微動《びどう》だにしない、なつめへの強い愛があるのであろう。

おりきはほっと安堵の息を吐いた。

「では、悠基ちゃんをここに呼んでいただけますか？」

嘉右衛門に言われ、おりきは達吉に目まじした。

達吉が帳場から出て行く。

暫くして、悠基を連れて達吉が戻って来た。

悠基は帳場に四人が深刻な顔をして坐っているのを見て、気後《きおく》れしたように達吉の背に隠れようとしたが、おりきが菓子鉢《かしばち》の蓋を開けて手招きすると、怖《お》ず怖ずとおりきの傍に寄って来た。

「ほら、金平糖《こんぺいとう》ですよ。悠基ちゃん、好きだったわよね？」

悠基が頷き、菓子鉢に手を伸ばす。

「実はね、悠基ちゃん。このおじさんとおばさんが茜ちゃんのことをすっかり気に入ってしまわれましてね。お二人は市谷田町というところで念仏堂という数珠屋をなさっているのだけど、十年ほど前に一人息子を亡くされたそうなのよ。以来、寂《さみ》しくて寂しくて、どんなに子供を欲しいと思ってこられたことか……。そうしたら、悠基ちゃんも知っているように、ほら、なつめちゃんが貸本屋の謙吉さんのところに貰われていくことになったでしょう？　それを聞いて、念仏堂さんもどうしてもあすなろ園の子供たちに逢ってみたくなったのですって……。念仏堂さんね、あすなろ園の子供たちが明るくて素直で、皆、大好きだと言われていますのよ。中でも、茜ちゃんが十年前に亡くなった息子さんと同い年なものだから、可愛くて可愛くて、出来るものなら、自分たちの娘として育ててみたいと、そうおっしゃるのですよ。けれども、そうなると、悠基ちゃんとは離れ離れになってしまいます……。わたくしもね、悠基ちゃんにそれが出来るかどうか心配しているのですよ。ねっ、どうかしら？　このお二人なら茜ちゃんのことを可愛がって下さり、茜ちゃんも念仏堂の娘になれば何不自由のない暮らしが出来るのです。茜ちゃんの幸せを願い、お二人に茜ちゃんを託してみませんか？　勿論、悠基ちゃんがどうしても嫌だというのであれば、お二人には諦めてもらうのですけどね」

悠基はおりきが諄々《じゅんじゅん》と諭《さと》す最中も、瞬《まばた》きひとつせずにおりきの顔を瞠めていた。

「悠基ちゃん、おばちゃん、約束しますよ。茜ちゃんを大切に育て、念仏堂の娘としてどこに出しても恥ずかしくない娘にしてみせますからね！」

一世が悠基の顔を覗き込む。

「…………」

悠基はとほんとした顔をしていた。

おりきの言ったことが解っていないはずはないのに、これは一体どうしたことであろうか……。

「おう、悠基、どうしてェ！　女将さんの言われたことが解らねえというんじゃなかろうな？」

達吉が気を苛ったように言う。

すると、悠基はおりきを真っ直ぐに瞠めた。

「おいらはどうなるの？」

「…………」

「…………」

「…………」

誰もが息を呑んだ。

当然、解っていると思っていたのである。

「何言ってやがる！　だから、女将さんが説明しただろうが……。おめえはあすなろ園に残るんだよ。茜と離れ離れになって可哀相《かえいそう》だとは思うが、それが茜のためになるんだから、辛抱しな！　おめえは茜のあんちゃんだ。あんちゃんなら、妹の幸せを願うのが当然だろう？」

達吉が悠基の喝僧頭《がっそうあたま》に手を置き、なっ、と覗き込む。

悠基は今にも泣き出しそうに顔を歪《ゆが》めた。

「おいら、あんちゃんだから茜の傍にいて、護ってやらなきゃなんねえんだ……。白金にいた頃からずっとそうしてきたんだもん。おいらが見張ってねえと、茜がおばちゃんに苛められてしまう……。だから、おいらが……、おいらが茜を護ってきたんだ……」

悠基の目がわっと涙で覆《おお》われる。

おりきが感極《かんきわ》まり、悠基を引き寄せ抱き締める。

「そうですよ。偉かったわね！　解ってるのよ、何もかも解ってるのよ。けれどもね、念仏堂のお二人はおとっつァんやおばちゃんみたいなことはされませんからね。茜ちゃんのことを大切に育てると約束なさったでしょう？　その気持に嘘はないと、わたくしたちは信じているのですよ」

「そうだぜ、悠基。おっちゃんはちょくちょく市谷に廻るからよ。茜ちゃんが可愛がられているかどうか、ちゃんとこの目で確かめてやるから安心しな！」

謙吉が安心させるように言う。

「どうして、おいらも一緒に行っちゃいけないの？」

「…………」

「…………」

あっと、おりきは念仏堂夫婦に目をやった。

嘉右衛門と一世が互いの腹を探るかのように瞠め合う。

「一度に二人とは……」

「それに、悠基ちゃんまでとなると、いつまで経《た》っても茜ちゃんがあたしたちに懐いてくれないのではないかしら？」

「そりゃそうよな。茜ちゃんはまだ何も解らないからこそ、念仏堂の娘として育てやすいというのに、実の兄さんがいつも傍にべったりとくっついてちゃな……」

嘉右衛門が蕗味噌《ふきみそ》を嘗《な》めたような顔をする。

「でも、悠基ちゃんがここまで言っているのに、可哀相ですよ。ねっ、おまえさま、腹を括って二人とも引き取ろうではないですか……」

が、そうは言いながらも一世はあまり乗り気でないとみえ、少しも嬉しそうな顔をしていない。

すると、謙吉が割って入った。

「だったら、こうしちゃどうでやす？　まず、茜が養女として念仏堂に引き取られていき、悠基は奉公に上がれる歳になったら小僧として念仏堂に入《へえ》る……。その頃には、茜も念仏堂の一人娘という立場が板についているだろうし、大店《おおだな》の一人娘と小僧で立場は違っても、悠基は茜の傍にいられる……。なっ、悠基、おめえも年頃になればどこかに奉公に出なくちゃなんねえだろう？　おおっぴらには兄妹として振る舞えねえが、おめえ、それでも茜の傍にいてェか？　それとも、おめえも念仏堂の息子として扱ってもらわなくちゃ嫌か？」

謙吉に瞠められ、悠基は間髪《かんはつ》を容《い》れず首を横に振った。

「息子でなくていい……。おいら、小僧になる」

「茜に逢っても、あんちゃんだと名乗れねえんだぜ。それでもいいのかよ」

「名乗れなくてもいい！　おいら、茜の傍にいて見守ってやれるだけでいい……」

悠基ははっきりとした声で答えた。

おりきの胸につっと熱いものが衝《つ》き上げてくる。

茜の傍にいて、見守ってやれるだけでよいとは……。

恐らく、これが悠基の正直な気持なのであろう。

「じゃ、決まりだ！　念仏堂さん、それでいいでしょう？」

謙吉が満足そうに嘉右衛門と一世を見る。

「えっ、では、茜ちゃんを頂けるので……」

「本当に、それでよいのでしょうね？　悠基ちゃん、奉公に上がるまでにはまだ暫く間があるのですよ。その間、茜ちゃんに逢えなくても構わないのね？」

一世が疑心暗鬼に悠基を窺う。

「だって、おばちゃん、茜を可愛がってくれるんだろ？　だったら、いい……。おいら、あんちゃんだもん、茜のために辛抱する……」

「有難《ありがと》う！　有難うね……」

一世が堪《こら》えきれずに、片袖で顔を覆う。

嘉右衛門は悠基の手を握り締め、ゆさゆさと揺すった。

「おじさん、約束するからよ。茜ちゃんのことは安心するんだ。それに、おまえのことも決して悪いようにしないから、大船に乗った気持でいていいからよ！」

「うん。解った……」

が、その刹那《せつな》、悠基の目に盛り上がった涙が弾《はじ》けたように頬を伝った。

可哀相に、今の今まで、悠基は涙と闘《たたか》っていたのである。


悠基の了解を得たからには一日も早く茜を引き取りたいと念仏堂夫婦は言った。

だが、二人の子とは縁を切った、煮て食おうと焼いて食おうと好きにしてくれと放り出したといっても、歌川源基は父親《てておや》に違いない。

それで、まずは源基に茜を念仏堂の養女にすることを納得してもらい、茜を引き渡すのはそれからということになったのである。

翌日、おりきは一年半ぶりに白金猿町を訪れた。

すると、なんと驚いたことに、おりんが生後三月《みつき》ほどの赤児《やや》を抱いて玄関口に現れたではないか……。

どうやら、悠基と茜をあすなろ園に引き渡した後、源基との間に生まれた赤児《やや》らしい。

おりんは源基は版元《はんもと》に出掛けて留守だと言い、茜が養女として念仏堂に貰われていくことになったと聞いても、そうかえ、そりゃよかった、とひと言呟いただけで、終《つい》しか、悠基はそれでどうなるのかと訊《き》こうとはしなかった。

おりきの胸にぎりぎりと憤怒《ふんぬ》が込み上げてきた。

自分が産んだ子のことは可愛くても、先妻の遺児《いじ》がどうなろうと歯牙《しが》にもかけないとは……。

おりきは改めて、ここには悠基と茜の居場所がなかったことを痛感《つうかん》した。

それで、源基にその旨を伝え、今後何があろうとも、茜を我が娘《こ》と思わないでくれと言い置いて、門前町に戻ってきたのである。

それから三日後、茜が念仏堂に引き取られていくことになった。

あすなろ園の子供たちは一年前になつめを見送ったときと同様、街道まで出て、一世に抱かれて四ツ手に乗った茜を見送った。

が、どうしたことか、その輪の中に悠基の姿がないではないか……。

悠基は貞乃たちが、これで最後なんだからせめて見送りを、と言うのにも耳を貸そうとせず、何かに憑《つ》かれたように手習に没頭《ぼっとう》し、遂に、貞乃たち大人は匙《さじ》を投げてしまったのである。

「茜ちゃァん！　達者《たっしゃ》でなァ……」

「あァあ、行っちまった……」

「悠坊《ゆうぼう》、莫迦《ばか》だよね？　次はいつ茜ちゃんに逢えるか判らないのにさ！」

「あの子、意地を張ってるけど、本当は見送りに出たら泣いちまいそうで、それで出て来られなかったんだよ」

四ツ手の後棒《あとぼう》の背が小さくなるのを見届け、子供たちが口々に言いながら、貞乃の後を金魚の糞《ふん》のように続いていく。

おせんは自分が選ばれなかったことに諦めがついたとみえ、存外《ぞんがい》にさばさばとした顔をしていた。

が、その頃、あすなろ園に一人残された悠基は、書き上げたばかりの半紙《はんし》をびりびりに切り裂《さ》いていた。

そうでもしなければ、腹の虫《むし》に折り合いがつかなかったのかもしれない。

「おや、風が強くなりましたね」

列のしんがりを歩くキヲが、海人《かいと》を胸に四囲《しい》を見廻す。
雨気《あまけ》を孕《はら》んでいるところを見ると、茅花流《つばなながし》し……。
まるで、悠基の小さな胸で吹き荒れる風のようではないか……。
茅花流しが吹くとは、夏はもうすぐそこまで来ているということなのだろう。

ひと夜の螢

東海道から東海寺《とうかいじ》に至《いた》る道のことを東海寺大門通《おおもんどお》り、通称、黒門横町《くろもんよこちょう》と呼ぶが、何ゆえ黒門横町と呼ばれるのかといえば、東海寺の入口に黒塗《くろぬ》りの大門《おおもん》があるからである。

この日、亀蔵《かめぞう》親分は下っ引きの金太《きんた》と利助《りすけ》を従《したが》え、東海寺、天王社稲荷《てんのうしゃいなり》の見廻《みまわ》りを終えると、早めの中食《ちゅうじき》を摂《と》るために街道へと脚《あし》を速めていた。

「今から車町《くるまちょう》まで帰《けえ》るのも面倒だ。北本宿《きたほんじゅく》の蕎麦屋《そばや》にでも入《へえ》るか？」

亀蔵が背後を続く金太に声をかける。

「親分、蕎麦なら、やっぱ、彦蕎麦《ひこそば》でやしょ？」

金太が太り肉《じし》な身体《からだ》を揺《ゆ》すり、刻《きざ》み足に傍《そば》に寄って来る。

「彦蕎麦？　おう、おめえが言うように蕎麦なら彦蕎麦のもんよのっ。けど、彦蕎麦だとまだかなり歩かなきゃなんねえが、それまで保《も》つかよ」

すると、利助までが小走りに寄って来る。

「なに、ひだるけりゃ（空腹）、それだけ蕎麦を美味《うま》く感じるってもんで……。それに、親分はしょっちゅう行ってるのかもしれねえが、俺たちゃ、彦蕎麦に行くのは久し振りだもんな！」

「てんごう言うもんじゃねえや！　何がしょっちゅうでェ……。此《こ》の中《じゅう》、俺も彦蕎麦には行ってねえんだからよ。おっ、待てよ。そう言ャ、この三月《みつき》、顔を出してねえような……」

「蕎麦食いの親分にしては、珍しいことがあるもんでやすね」

「違《ちげ》ェねえ！　立場《たてば》茶屋《ぢゃや》おりきのほうには三日に上げず顔を出しているってェのによ」

金太と利助が顔を見合わせ、ケッと肩を竦《すく》める。

「置きゃあがれ！　俺が立場茶屋おりきに顔を出すのは、あすなろ園でみずきがお利口《こう》にしているかどうかを確かめ、ついでだから帳場に顔を出し、女将《おかみ》が淹《い》れてくれた美味《うめ》ェ茶を馳走《ごち》になってるだけだからよ。おめえらに四の五の言われる筋合《すじあ》いはねえんだよ！」

亀蔵が気を苛《いら》ったように言い、下っ引き二人を睨《ね》めつける。

「親分、待ってくんなよ。俺たちゃ、別にそれが悪《わり》ィと言ってるわけじゃねえんだ……。親分がみずきちゃんのことを心配《しんぺえ》で堪《たま》らねえのも、女将さんに逢《あ》わなきゃ、いや、女将さんが淹れてくれた茶を飲まねえことには夜も日も明けねえってことくれェ知ってやすからね」

利助はどうやら亀蔵がおりきに岡惚《おかぼ》れしてるとでも言いたかったようだが、それではあまりにも口が過ぎると思い、慌てて言い直したのがまたもや亀蔵の気分を害したらしく、亀蔵は芥子粒《けしつぶ》のように小さな目をカッと見開いた。

「てめえ、黙って喋《しゃべ》れっつゥのよ！」

が、その刹那《せつな》、亀蔵は北馬場町《きたばばちょう》の横道《よこみち》から出て来た男に目を留《と》め、おっと目を瞬《しばたた》いた。

「今、横道から出て来た男、ありゃ、門前町《もんぜんちょう》の甲本屋《こうもとや》の旦那じゃねえか？」

「違《ちげ》ェねえ。ありゃ、甲本屋の旦那だ……」

「甲本屋の旦那がなんで北馬場町なんかに……。ここにはお店《たな》らしいお店はなく、大概《てえげえ》が仕舞《しも》た屋か裏店《うらだな》だというのによ」

金太と利助が首を傾《かし》げる。

亀蔵も街道に向けて歩いて行く、甲本屋貴之助《きのすけ》の背を訝《いぶか》しそうに瞠《みつ》めた。

「埒口《らちぐち》もねえ！　商《あきな》いで来たのかもしれねえし、俺たちゃ甲本屋がどこで何をしようと知ったことじゃねえからよ……。さっ、早《はえ》ェとこ行こうぜ！」

が、そうは言いながらも、亀蔵の胸では何やらすっきりしないものが燻《くすぶ》っていた。

大店《おおだな》の主人《あるじ》が自《みずか》ら客に品を届けることはまず以《もっ》てないことで、また、掛け取りに出向くこともない。

よって、貴之助が商いのために北馬場町に脚を向けたとは考えられず、私用《しよう》だとしても、北馬場町には甲本屋と対等につきあえる者はいないはずである。

その実、数年前の地震で北馬場町、猟師町《りようしまち》といった界隈《かいわい》はほぼ壊滅状態《かいめつじようたい》となり、その後、徐々《じよじよ》に復興しつつある中でも、北馬場町だけは依然《いぜん》として取り残されたままなのである。

しかも、地震被害が比較的少なかった仕舞た屋や半壊《はんかい》程度で済んだ家が少しは残っていて、そこに、その場凌《しの》ぎに建てた蒲鉾小屋《かまぼこごや》が渾然《こんぜん》と入り混ざっているといった按配《あんばい》で、どうしても雑然《ざつぜん》とした感が免《まぬが》れない。

一体《いってえ》、甲本屋の旦那は何用があって、こんなところに……。

が、亀蔵はふっと過《よ》ぎったその想《おも》いを払うと、脚を速めた。

そうして、目の先に立場茶屋おりきの行灯型看板《あんどんがたかんばん》を捉《とら》えると、亀蔵は脚を止めた。

「おう、おめえら、彦蕎麦に行って来な！」

亀蔵はそう言うと、胸の間《あわい》から早道《はやみち》（銭入れ）を取り出し、金太と利助のそれぞれに穴明《あなあ》き銭（四文）を八枚握らせた。

「一人頭、蕎麦二枚《にめえ》だ。いいな、それ以上食いたきゃ、てめえの銭を払うんだな」

「えっ、親分は行かねえんで？」

金太が目をまじくじさせる。

「ああ、気が変わった。俺《おり》ャ、ちょいとおりきさんの顔を拝《おが》んでくるからよ」

「けど、中食は……。あっ、そうか！　女将さんに中食を振る舞ってもらおうって魂胆《こんたん》なんでやすね？」

亀蔵の小さな目がきらりと光る。

それ以上、何も言うなという意味なのであろう。

金太と利助は縮《ちぢ》み上がり、ひょいと会釈《えしやく》して彦蕎麦に向けて歩いて行った。

亀蔵はふうと太息《ふといき》を吐《つ》くと、茶屋の脇にある通路を通って旅籠《はたご》へと向かった。

蕎麦への未練《みれん》は断《た》ち切れないが、無性《むしよう》におりきの顔が見たくなったのである。

亀蔵は心に何か吹っ切れない蟠《わだかま》りを抱《かか》えていると、決まって、おりきに逢いたくなるのだった。

それがどこから来るものかは解《わか》らないが、おりきの顔を見ると、何故《なぜ》かしら落着くのである。

けどよ、腹はひだるいし、こいつァ、参ったぜ……。

まさか、あからさまに中食をねだるわけにもいかねえしよ……。

そうだ！　彦蕎麦から出前を取ってくれと頼めばいいんだ。

俺がそう水を向ければ、勘《かん》のよいおりきさんのことだから、何か腹の足《た》しになりそうなものを出してくれるかもしれねえし、駄目なら、それこそ出前の蕎麦を食ったっていいんだからよ……。

亀蔵は旅籠に着くと周囲《まわり》に下足番の姿がないのを確かめ、勝手知ったる我が家とばかりに、上がるぜ！　と大声を上げて式台《しきだい》に上がり、帳場の外からもう一度、入《へえ》るぜ！　と声をかけた。

すると、障子《しょうじ》の中から、おや、親分じゃないかえ、と声が返ってきた。

幾千代《いくちよ》の声である。

「なんでェ、おめえ、来てたのかよ！」

亀蔵が帳場の障子をするりと開ける。

「おや、ご挨拶《あいさつ》じゃないか！　来てちゃ悪いかえ？」

幾千代は手にした小皿をひょいと掲《かか》げてみせた。

なんと、小皿の中には鱧寿司《はもずし》が……。

見ると、幾千代の前に膳《ぜん》が配され、膳の上には縦半分《たてはんぶん》に切った竹筒《たけづつ》に盛られた鱧寿司と吸物《すいもの》代わりの煮麺《にゆうめん》が載《の》っているではないか……。

亀蔵の腹がクウッとくぐもった音を立てた。

おりきと幾千代が顔を見合わせ、くすりと肩を揺する。

「どうやら、親分も空腹《からはら》のようですね。巳之吉《みのきち》が試《ため》しにと鱧源平寿司《はもげんぺいずし》を作りましたのよ。現在《いま》、幾千代さんに試食していただいているところなのですが、親分も如何《いかが》ですか？」

おりきが長火鉢《ながひばち》の傍に寄れと、亀蔵に手招きをする。

「そいつァ有難《ありがて》ェが、俺の分まであるのかよ」

「ええ、まだ充分残っていると思いますわよ」

「そうけえ！　正《まさ》な話、俺ャ、ひだるくって目が廻《まわ》りそうだったのよ……」

亀蔵がどかりと胡座《あぐら》を掻《か》くと、おりきがふわりとした笑《え》みを寄越《よこ》し、板場へと立って行く。

亀蔵は竹筒の中を覗《のぞ》き込んだ。

「今、鱧源平寿司とか言ってたが、ほう、こいつがそうなのかよ」

「ほら、タレをつけて焼いた鱧と、白焼《しらやき》した鱧が交互《こうご》に並べられてるだろう？　それで、源平合戦さながら源平寿司ってわけでさ。美味《うま》いよ！　それに、吸物代わりの煮麺がまた堪らない……。車海老《くるまえび》に椎茸《しいたけ》、三つ葉、花弁人参《はなびらにんじん》と具沢山《ぐだくさん》でさァ！」

成程《なるほど》、彩《いろど》りもよく、実に美味そうではないか……。

「親分、安心なさって下さいな。鱧源平寿司も煮麺もまだ残っているとかで、今、お持ちするそうです」

板場から戻って来たおりきがそう言うと、亀蔵は嬉《うれ》しそうに相好《そうごう》を崩《くず》した。

元々細くて小さな目が、四角い顔の中で埋《う》まったようにみえる。

どうやら、彦蕎麦に行こうとして気が変わり、立場茶屋おりきへと脚が向いたのは、虫《むし》の知らせ……、それも、腹の虫の知らせだったようである。

「なんと、美味《うめ》ェじゃねえか！　幾千代、狡《ずり》ィことしやがってよ！」

亀蔵が白焼にした鱧寿司をぱくつき、おどけたように目まじしてみせる。

「狡いって、何がさ……」

「だって、そうじゃねえか。たまたま俺が帳場を覗いたからいいようなものの、そうじゃなかったら、おめえ、美味《うめ》ェもんを独《ひと》り占《じ》めにするつもりだったんだろうが！」

「てんごう言うのも大概《たいがい》にしてくんな！　あちしはおりきさんが足袋屋《たびや》の雀隠《すずめがく》れを紹介するって言うから訪ねて来たんだよ。そうしたら、巳之《みの》さんが鱧源平寿司を作ったから試食してみてくれって言うもんだから相伴《しょうばん》に与《あずか》っているだけで、別に、中食を目当てに来たわけじゃないからね。ふン、親分と一緒にしてもらいたくないよ！」

「おっ、その言い種《ぐさ》はなんでェ！　俺と一緒にしてもらいたくねえとは、まるで俺が中食目当てに来たようじゃねえか……」

「おや、違うっていうのかえ？」

「いや、そのう……。まっ、違ャしねえんだがよ」

「ほれ、ごらんよ。腹の虫は正直だからね。親分が口で言い逃《のが》れしてみても、腹の虫が、はい、そうですすって答えてたからさ！」

幾千代が鬼の首でも取ったかのような言い方をする。

「幾千代さん、もうそのくらいで……。あんまし苛《いじ》めると、親分がお気の毒ではないですか……。親分、いいのですよ。空腹なときは、いつでもお越《こ》し下さいませ」

おりきがそう言うと、亀蔵が照れ臭そうにへへっと首を竦める。

「済まねえな、いつも……。いや、正な話、ひだるくってよ……。金太と利助を連れて彦蕎麦に行こうとしてたんだが、北馬場町で甲本屋の旦那を見かけたもんだから、それからというもの、どうも胸のこの辺りがもやもやしていてよ……。それで、おりきさんの顔でも見ればすっきりとするかと思い、金太たちを彦蕎麦に追いやってここに来たのよ」

「甲本屋って、あの煙管屋《きせるや》の？　それは妙だね。北馬場町になんの用があったんだろう……」

幾千代も訝しそうな顔をする。

「だろう？　北馬場町には甲本屋が相手にするような野郎はいねえはずだし、俺ャ、どう考えても、あの場所と旦那がそぐわねえような気がしてよ……」

亀蔵が箸《はし》を置き、わざとらしく腕を組《く》む。

「野郎じゃないとしたら？」

幾千代は何か思い出したのか、ひと膝《ひざ》前に躙《にじ》り寄った。

「野郎じゃねえとは……。おっ、女《おな》ごか！　幾千代、何か知ってるのかよ？」

亀蔵が目をまじくじさせる。

「いえね、そう言えば、幾富士《いくふじ》がお座敷で甲本屋の旦那のことが話題になっていたと言っていたような……」

「甲本屋の旦那の話題って、一体《いってえ》それは……。おう、焦《じ》らさずに言いな！」

亀蔵にせっつかれ、幾千代は困《こう》じ果てたように眉根《まゆね》を寄せた。

「本当は、お座敷での話を口外《こうがい》しちゃ駄目なんだけど……。ええい、てんぽの皮！ここには親分とおりきさんしかいないんだもんね。いえね、甲本屋の旦那が娘の三味《しゃ》線《み》のお師《し》さんにどうやらほの字だというんだよ。まあね、並の男なら、どうってこともない話だよ。ところが、あの旦那、石部金吉金兜《いしべきんきちかなかぶと》で通ってるだろう？　それで、面《おも》白《しろ》おかしくお座敷でひょうらかされるってわけでさ……」

幾千代が肩息《かたいき》を吐く。

「まさか、あの甲本屋さんが……」

「ああ、まったくでェ……。あの男が娘の三味線《しゃみ》の師匠にほの字とは、俺も俄《にわか》にゃ信じられねえや……。だって、考えてもみな？　あの男ほど家族思いの男はいねえんだからよ。女房は勿論《もちろん》のこと、一人娘を目の中に入れても痛くねえほど溺愛《できあい》していてよ。そんな男が他の女ごに現《うつつ》を抜かすとは到底《とうてい》考えられねえからよ」

おりきと亀蔵が口々に言い、顔を見合わせる。

「親分、誰が現を抜かすと言ったかえ？　あちしは甲本屋の旦那がその女ごにほの字と言っただけで、二人が出来てるなんてことを言った覚えはないからさ」

幾千代がムッとした顔をする。

「じゃ、おめえは甲本屋の旦那がその女ごに片惚《かたぼ》れしているというのかよ」

「だから、周囲《まわり》の者が興味津々《きょうみしんしん》なのさ……。品川宿《しながわしゅく》じゃ、誰もが男と女ごの濡《ぬ》れの幕なんて聞き飽《あ》きてるからさ……。いっそのやけ、びり出入《でい》り（男女間のもつれ）でもやってくれてれば、ああ、またかよ、とさして珍しくもなく雲煙過眼《うんえんかがん》に遣《や》り過ごすところなんだが、いい歳《とし》をした男が惚れた女ごに濡れかかることも出来ずにねそねそしているっていうもんだから、それが却《かえ》って、他人《ひと》の興味をそそるんだろうさ……」

幾千代がそう言うと、おりきの頬《ほお》につと翳《かげ》りが過ぎった。

甲本屋は立場茶屋おりきの数軒先にある。

そのため、おりきは主人《あるじ》の貴之助や内儀のお延《のぶ》とは昵懇《じっこん》の間柄《あいだがら》で、十年前に一人娘のお智佳《ちか》の食《く》い初《ぞ》めを立場茶屋おりきで祝ってからというもの、甲本屋貴之助は何か記念行事がある度《たび》に家族してやって来て、巳之吉の料理に舌鼓《したつづみ》を打つのだった。

酒を嗜《たしな》まない貴之助は、心《しん》から食べることが好きなようで、娘のお智佳が物心《ものごころ》つかない頃から、美味いものを食え、舌を肥《こ》やすのだ、幼い頃に覚えた味は忘れるものではなく、それが虚《きょ》と実の解る大人へと導《みちび》いてくれるのだからよ、と言い聞かせてきたのである。

その貴之助が何ゆえ……。

おりきは狐《きつね》につままれたような思いであった。

「けどよ、片惚れにしたって、そうして他人《ひと》の口端《くちは》に上《のぼ》るとは、こりゃ甲本屋のその女ごへの入れ込みようは半端《はんぱ》じゃねえってこと……。で、女房はそのことに気づいてねえのかよ」

どうやら亀蔵はまだ半信半疑《はんしんはんぎ》とみえ、胡乱《うろん》な顔をして幾千代を見た。

「気づいていないんだろうさ。気づいていたら、とっくの昔にびり沙汰《ざた》となっていただろうからさ」

「けど、そうして世間で目引き袖《そで》引きしているっていうのに、内儀《おかみ》さんの耳に入《へえ》らねえとは妙じゃねえか！」

「妙といえば妙なんだがね……。だって、その女ごは一廻り《ひとまわ》り（一週間）に一度、甲本屋に出稽古《でげいこ》に通っているというんだよ。女房が亭主の恋心《こいごころ》に気づいていたら、その女ごを家に入れるわけがないからさ……。だから、きっと気づいていないんだよ。それに、あちしが聞いた話じゃ、甲本屋の内儀《おかみ》さんもその女ごが気に入っているそうでさ……。周囲《まわり》の者に、よいお師さんに来てもらえるようになった、と言って悦《よろこ》んでいるというからさ！」

亀蔵が不愉快《ふゆかい》そうに唇をへの字に曲《ま》げる。

「なんて女《あま》なんでェ、その女ごは！　甲本屋の女房に取り入り、裏じゃ、亭主を誑《たぶら》かしているんだからよ」

幾千代が慌てて否定する。

「違うんだよ！　まったく、親分は話を最後まで聞かないんだから……。甲本屋の旦那は片惚れしているだけで、その女ごは旦那に片惚れされているのに気づいていないんだからさ！　あらっ、ちょっと待ってよ……。気づいていないわけがないよね？だって、まさか、甲本屋の旦那がその女ごに片惚れしていることを自ら世間に吹聴《ふいちょう》して歩くわけがない。それなのに、周囲《まわり》の者に知られてるんだからさ……。ということは、二人の関係に何か進展があったということで、つまり、片惚れから心底尽《しんていず》くになったということ……。ああ、それで噂《うわさ》になってるんだね？」

「そういうこった！　どうしてェ、いつもは打てば響《ひび》くように勘《かん》の冴《さ》えたおめえにしちゃ、珍しいことがあるものよのっ。おう、幾千代姐《ねえ》さんよ、おめえさんも五十路《いそじ》を迎えて焼廻《やきまわ》っちまったんじゃねえのかよ！」

「親分、口が過ぎますわよ！」

おりきが鋭い目で亀蔵を制す。

「いいってことよ……。親分の言うとおり！　あちし、一体どうしちまったんだろう……。世間が二人のことを噂するってことは、二人は外で逢瀬《おうせ》を重《かさ》ねているってことで、ああ、それで北馬場町なんだね？」

幾千代がそう言うと、亀蔵も合点《がてん》がいったとばかりにポンと手を打つ。

「読めたぜ……。その女ごの住まいが北馬場町にあるってことなのよ。あの界隈は地震で相当やられちまったが、それでも被害のなかった仕舞た屋が残っているからよ。恐らく、その中の一軒がその女ごの住まいなのよ。ああ、それで甲本屋の後《うし》ろ姿に人《ひと》目《め》を忍《しの》ぶ雰囲気が見て取れたのか……。どうでェ、俺の勘働《かんばたら》きも大《てえ》したもんじゃねえか！　甲本屋の背中に尋常《じんじょう》じゃねえものを感じ取ったのだからよ」

亀蔵がどうだとばかりに鼻蠢《おごめ》かせる。

が、おりきは、もうひとつ納得がいかなかった。

甲本屋夫妻はいつ見ても仲睦《なかむつ》まじく、家族思いのあの貴之助が、お延以外の女ごに心を移すとは……。

しかも、その女ごは溺愛する娘お智佳のお師さんだというのである。

男と女ごのことは計《はか》り知れないといっても、万が一、お智佳が父親《てておや》の邪恋《じゃれん》を知れば、どんなに心を痛めることだろう。

聡明《そうめい》な貴之助にそれが解っていないはずがない。

それなのに、娘心を疵《きず》つけてまで、貴之助が横紙《よこがみ》を破《やぶ》る（無理を徹《とお》す）ようなことをするであろうか……。

おりきは深々と息を吐くと、亀蔵と幾千代に目を据《す》えた。

「わたくし、噂話《うわさばなし》の類《たぐい》はあまり好きではありませんの。世間の噂もお二人の話も、聞いていますと推論《すいろん》ばかりで、それではお延さんやお智佳ちゃんが可哀相《かわいそう》です。他人《ひと》の口に戸は立てられませんが、せめて、わたくしたちだけでもそっとしておいてあげたいと思います」

「まァな……。おりきさんが言うとおりかもしれねえ。他人《ひと》はあることないこと面白おかしく言うかもしれねえが、疵つくのは当の本人だからよ。おう、よいてや！　俺ャ、金輪際《こんりんざい》、甲本屋の件には触《ふ》れねえからよ。幾千代、解ったな？　おめえも余所《よそ》で余計《よけい》なことを喋るんじゃねえぜ！」

亀蔵が矛先《ほこさき》を幾千代へと向ける。

「莫迦《ばか》言ってんじゃないよ！　最初《はじめ》に余計なことを言い出したのは親分のほうじゃないか！　ふてくろしい（図々《ずうずう》しい）ったらありゃしない！　てめえで言い出しといて、まるで、あちしが話題にしたかのようなことを言うんだからさ！」

幾千代が甲張《かんば》った声を出し、亀蔵を睨《にら》みつける。

おりきは慌てて割って入った。

「お二人とも、もうお止《よ》しなさい！　さっ、今、美味《おい》しいお茶を淹れますから、鱧寿司を上がって下さいな。おや、煮麺が冷《さ》めてしまったではありませんか」

美味しいお茶という言葉に、亀蔵がでれりと頬を弛《ゆる》める。

幾千代は照れ隠しのつもりか、ちらと舌を出した。


貴之助は甲本屋に戻ると、帳場で番頭の仁平《にへい》に留守中変わったことがなかったか確かめると、見世《みせ》脇の通路から母屋《おもや》へと廻った。

茶の間に入ると、長火鉢の前で針仕事をしていたお延が手を止め、気恥ずかしそうな笑みを寄越した。

「なんだ、おまえ、戻っていたのか……。お若《わか》の話じゃ、おまえが萬年堂《まんねんどう》の内儀《おかみ》さんと出掛けたというから、てっきり、帰りは夕刻になると思っていたのだが……」

貴之助が羽織《はお》の紐《ひも》を解《ほど》く。

お延は貴之助の傍に寄ると、羽織を脱がせて衣桁《いこう》に架《か》けながら、くくっと肩を揺すった。

「お若ったら、そんなことを言いましたの？　きっと、おまえさまに糠喜《ぬかよろこ》びをさせてはならないと思い、そんな嘘《うそ》を吐いたのでしょうよ」

「嘘？　何ゆえ、そんな嘘を……」

貴之助は長火鉢の前で胡座を掻くと、煙管に薄舞《うすまい》（煙草《たばこ》）を詰めながら、怪訝《けげん》そうな顔をした。

お延は長火鉢の傍に戻って来ると、茶の仕度《したく》をしながら、再び、くくっと含み笑いをした。

「実はね、あたし、猟師町の取り上げ婆《ばあ》のところに行って来ましたの」

煙管に火を点《つ》けようとした貴之助が、驚いたようにお延を見る。

「………」

お延は上目《うわめ》に貴之助を窺《うかが》うと、三月《みつき》ですって……、と言った。

「三月《みつき》とは……。では、赤児《やや》が出来たというのか！」

「ええ。月のものが遅れてたものだから、あたしも妙だなと思ってたんですけど、お智佳を産《う》んで十年も経《た》ちましたでしょう？　まさか、三十路《みそじ》半《なか》ばになって再び赤児《やや》に恵まれるとは思ってもみなかったものだから、お若にははっきり懐妊《かいにん》と判《わか》るまで、旦那さまには内緒にしておくようにと口止めしていたんですよ。それで、萬年堂の内儀《おかみ》さんと出掛けたなんて嘘を吐いたのでしょうよ。さっ、お茶が入りましたことよ」

お延が長火鉢の猫板《ねこいた》に湯呑《ゆのみ》を置く。

「あら、どうしました？ 信じられないといった顔をして……。それは驚かれるのも当然ですわ。あたしだって、産婆《さんば》のお虎《とら》さんに間違いないと言われるまでは信じられなかったのですもの……。けれども、漁師町から帰る道々、次第に、再び母になれるという悦びに溢《あふ》れてきましてね。今度こそ、甲本屋の跡《あと》取りとして男の子をと思ってみたり、無事に生まれてきてくれれば、男であろうと女ごであろうと構わないと思ってみたりで……。けれどもあたしも三十路半ば……。お智佳を産んだときのようにはいきませんものね。それに、お智佳が生まれてもう何年も経ちますでしょう？ その後、赤児《やや》に恵まれることがなかったものだから、二人目を望むのはもう無理なのだろうと思い、襁褓《おしめ》や産着《うぶぎ》といったものを処分しちまって……。あれでも少しくらい残しておけばよかったと悔《く》やんでみても後の祭で、急遽《きゅうきょ》、あたしの浴衣《ゆかた》を解いて、ほら、こうして襁褓を縫《ぬ》っているところなんですよ。けど、産着はやはり新しい布地《ぬのじ》でないと……。それで、現在《いま》、お端女《はした》に買いに走らせたところなんですの」

お延が膝下《ひざした》に置いた浴衣地《ゆかたじ》を嬉《うれ》しそうに手に取る。

ああ、それで、お若の姿が見えなかったのか……。

貴之助はちらと厨《くりや》に目をやった。

が、どうしたことか、二人目の子が生まれると聞いても、一向《いっこう》に嬉しさが込み上げてこない。

それどころか、戸惑《とまど》いを通り越し、困惑《こんわく》だけが全身を包み込んでいく。

お智佳がお延のお腹に宿《やど》ったと聞いたときには、小躍《こおど》りして叫び出したいほどの歓喜に浸《ひた》ったというのに、これは一体どうしたことか……。

貴之助の脳裡《のうり》に、汀《なぎさ》の顔がつっと過ぎった。

と言うのも、今し方、貴之助は清水《きよみず》の舞台から飛び下りるつもりで、汀に思いの丈《たけ》を吐露《とろ》してきたばかりなのである。

「なりません！　寝ても覚めてもあたしのことが頭から離れないなどと、二度と口に出して言ってはなりません」

汀は蒼白《そうはく》な顔をして、口許《くちもと》をわなわなと顫《ふる》わせた。

「ああ、解っている。おまえさんはお智佳のお師さんだ。家内とも親《した》しくしている手前、二人を裏切るようなことは出来ないと思っているのだろう？　あたしだって同様……。家内も愛《いと》しければ、お智佳も愛しい……。だが、この狂《くる》おしいまでにおまえさんを慕《した》う気持に、もう歯止《はど》めが利《き》かない……。及ばぬ鯉《こい》の滝登《たきのぼ》りと思い、我が心に蓋《ふた》をして堪《た》え忍べばよいのだろうが、せめて、今だけでも思いの丈を吐《は》き出させておくれ！　あたしはおまえさんをひと目見たとき、稲妻《いなずま》にでも打たれたかのような衝撃を覚えてね。それからというもの、おまえさんが出稽古に来る度に、あたしの中で大風が吹き荒れ、おまえさんの声、衣擦《きぬず》れの音、三味線《しゃみ》の音色《ねいろ》、仄《ほの》かに香《かお》る香《こう》の匂《にお》い、息づかい……、その何もかもがあたしの身体を金縛《かなしば》りにしてしまい、この女《ひと》こそ、あたしの運命の女《ひと》……、と思うようになってね。十代の頃に甲本屋に上がり、手代から番頭に、そして先代に見込まれてお延の婿《むこ》になったあたしには、謂《い》わば、おまえさんへの恋慕《れんぼ》はあたしの初恋といってもよい……。四十路《よそじ》近くになった男がと嗤《わら》われてしまうかもしれないが、この歳になって初めて、あたしは女ごに身を焦《こ》がすことを知ったのだ。だからといって、おまえさんを手込《てご》めにしようとか、手懸《てかけ》になってくれと言っているわけではないのだよ。そんなことをしては、おまえさんを冒瀆《ぼうとく》することになってしまう……。あたしは男が想いを成就《じょうじゅ》させるということは、責任を伴《ともな》うことだと思っているんでね。だが、哀《かな》しいかな、あたしは甲本屋の婿の分際《ぶんざい》で、しかも、女房、娘が愛しくて堪らないという、おまえさんと心底尽くになる資格のない男なんだよ。

だが、苦しくて……。胸を掻き毟《むし》りたくなるほど苦しくて……」

貴之助はそう言うと、はらはらと頬に涙を伝わせ、畳《たたみ》に突っ伏した。

汀は貴之助の傍まで膝行《しっこう》すると、そっと肩に手をかけた。

「旦那さま、顔を上げて下さいませ。旦那さまにそのように言っていただけて、あたしは嬉しさで胸が一杯です」

「嬉しい……。嬉しいと言ってくれたのだね？　ああ、あたしはその言葉が聞けただけで、胸の内をさらけ出した甲斐《かい》があった……。有難《ありがと》うよ、有難う……」

貴之助は汀の手を握り締《し》めた。

と、その瞬間、貴之助は汀の目が涙に潤《うる》んでいるのを見て取り、ぐいと汀の身体を引き寄せた。

「おまえさん、あたしのことを……」

汀が貴之助の胸に顔を埋《うず》め、うんうんと頷《うなず》く。

「お慕いしていました……」

「汀……」

そうして、二人は暫《しばら》く抱き合っていた。

ドクドク、ドクドク……。

汀の心音《しんおん》が貴之助の腕に伝わってくる。

「もう少し待ってくれないか……。きっと、なんとかする、なんとかするからよ」

貴之助は汀の耳許《みみもと》に囁《ささや》いた。

が、はっと汀は身体を離すと、怯《おび》えたように首を振った。

「なりません！　内儀《おかみ》さんを哀しませてはなりません、お智佳ちゃんを哀しませてはなりません！」

ああ……、と貴之助は目を閉じた。

結句、話はそこに戻っていくのである。

「あたしが悪かったのです。出稽古にだけ通っていればよかったのに、あたしが祖父の形見《かたみ》の煙管がどのくらいの値打《ねう》ちのするものか見てほしいと頼んだばかりに、旦那さまがこの仕舞た屋を訪ねることになったのですもの……」

「あたしはおまえさんがそう言ってくれて、どんなに嬉しかったか！　おまえさんが悪いのじゃない。あれから三日に上げずここを訪ねるようになったのは、このあたしなんだよ。おまえさんの淹れてくれた茶を飲み、在所《ざいしょ》の深川《ふかがわ》の話を聞くのがどれだけ愉《たの》しかったか……。矩《のり》を超《こ》えてはならないと思いながらも、人目を忍ぶそんな行為に、どこかしら胸が弾《はず》むように思えたからね」

「でも、もう終わりにしなければ……。どこで誰が見ているか判《わか》りません。他人《ひと》の口端に上れば、いつ、内儀《おかみ》さんやお智佳ちゃんの耳に入るやもしれません。旦那さま、やはり、もうここにはおいでにならないほうが宜《よろ》しいわ。それに、あたし、自信がありませんもの……」

汀が貴之助の目を瞠める。

「自信がない？　それはどういう意味で……」

汀は辛《つら》そうに眉根を寄せた。

恐らく、これ以上、貴之助を拒《こば》む自信がないということなのだろう。

貴之助は汀の肩に手を置き、食い入るようにその目を見た。

「では、本当に、もうここに来てはならないというのだね？」

「………」

「どうした？　何故、答えない。もう一度訊《き》くが、本当に、あたしはもうここに来てはならないんだね？」

汀は幼児のように、嫌《いや》！　と首を振った。

と、その刹那、堰《せき》を切ったように汀の頰を涙が伝った。

「嫌です！　来ないなんて言わないで下さい……」

貴之助は感極《かんきわ》まって、再び、汀をギュッと抱き締めた。

僅《わず》か、半刻《はんとき》（一時間）前、貴之助にはそんなことがあったのである。

「おまえさま、どうしたのですか、ぼうっとしちまって……」

お延の言葉に、貴之助はハッと我に返った。

「おっ、済まない。いや、赤児《やや》が生まれることを知ったら、お智佳がどんな顔をするかと思ってよ……。それで、お智佳は？」

「嫌ですわ。現在《いま》は手習塾《てならいじゆく》ですよ。でも、もうそろそろ戻って来るでしょう。そうだわ！　今宵《こよい》はお端女に赤飯《せきはん》や鯛《たい》の尾頭付《おかしらつ》きを仕度させ、祝膳《いわいぜん》としましょうよ。それとも、立場茶屋おりきの板頭《いたがしら》の料理で祝いましょうか？　ねっ、おまえさま、どちらがよいと思います？」

お延が燥《はしや》いだように言い、貴之助の顔を覗き込む。

貴之助は狼狽《うろた》え、さっと目を逸《そ》らした。

「これまでは節目《ふしめ》ごとに立場茶屋おりきで祝ってきたが、如何になんでも、予約もなく急な話では請《う》けてもらえないだろう。立場茶屋おりきでの祝膳はおまえが岩田《いわた》帯《おび》を締めるときまで先延《さきの》ばしにして、今宵は我が家で祝膳といこうではないか」

「けど、請けてもらえるかどうか聞いてみないことには判らないではないですか。今、手代に旅籠まで走らせますよ。諦《あきら》めるのはそれからでいいでしょう?」

お延がじょなめいた視線を貴之助にくれる。

「ああ、好きにしなさい」

貴之助は投げ遣りに言うと、再び、煙管に薄舞を詰めた。


「じゃ、今宵の夕餉《ゆうげ》膳《ぜん》はこれでいきやすんで……」

巳之吉が辞儀をして板場に戻ろうとしたとき、玄関側の障子が頭一つ分開き、下足番見習の末吉《すえきち》が声をかけてきた。

「あのう、甲本屋の遣いが今宵祝膳を頼めねえかと言ってきてやすが……」

おりきがさっと巳之吉の顔を見る。

巳之吉は腑《ふ》に落ちないといった顔をして、おりきを瞠めた。

「今宵、祝膳をと言われても何しろ急なことですし、甲本屋さんは何人分の祝膳をとお言いなのですか?」

末吉が背後を振り返り、もう一遍訊くが、娘っ子を含めて三人分でいいんだよな?

と大声を上げる。

娘っ子を含めてというところをみると、内々の祝いなのであろう。

だが、それにしても何故、今宵のことを間際《まぎわ》になって……。

家族の祝い事は前もって判っていることで、甲本屋はこれまで少なくとも二廻《ふたまわ》り（二週間）前には予約を入れてきたのである。

「三人分と言ってやすが……」

末吉が答える。

「祝膳といってもなんの祝いか判っていねえと、それによって献立《こんだて》が違ってきやすからね。一体《いってえ》、なんの祝いなんで？」

巳之吉が訊《たず》ねる。

再び、末吉が背後に向けて大声を上げる。

「なんの祝いかってよ！　えっ、知らねえって？」

末吉が戸惑った顔をして、おりきと巳之吉を交互に見る。

「遣いの者は何も聞いてねえと言ってやすが、どうしやしょう？」

「天骨《てんこち》もねえ！　そんな餓鬼《がき》の遣いみてェなことがあろうかよ。駄目だ、駄目だ！　いかにお得意さまだろうと、そんな理道《りみち》に合わねえ話はねえからよ。断っちまいな！」

大番頭の達吉《たつきち》が気を苛ったように言う。

「お待ち！」

おりきは達吉を制すと、巳之吉に目を据えた。

「部屋は二階の広間を使えばもう一組受けられなくもありません。けれども、料理のほうはどうでしょう……。甲本屋さんは酸《す》いも甘いも知った常連さんです。巳之吉なら、甲本屋さんがどんな料理を好まれるか熟知《じゆくち》していることだし、家族だけの祝膳ですからね。泊《と》まり客の料理に少し工夫《くふう》を凝《こ》らせば出来るのではないかと思いますが、ただ、急なことで、食材が揃《そろ》うかどうか……。どうですか？　出来ますか？」

「へい。甲本屋はいつも量より質をと言われ、あっしも旦那の好みは知ってやすからね。へっ、ようがす、作りやしょう」

巳之吉が頷く。

「では、お願いしますね。末吉、お請けすると伝えて下さいな」

「へい」

末吉と巳之吉がそれぞれの持ち場に戻っていくと、達吉は苦虫《にがむし》を嚙《か》み潰《つぶ》したような顔をした。

「まったく、女将さんの人の善《よ》いのにも呆《あき》れ返《けえ》るぜ……。甲本屋はうちが予約のねえ客は受けねえ料理旅籠《りょうりはたご》ということを知っているというのに、今宵のことを間際に言ってきてよ。しかも、女将さんがそんな身勝手を許そうというんだから、開いた口が塞《ふさ》がらねえや！」

「達吉、そんなふうに言うものではありません。甲本屋さんは恐らく無理を承知で、お頼みになったのでしょう。だとすれば、突然祝わなければならないことが起きたとしか考えられません。お目出度《めでた》いことなのですもの、出来るものなら融通《ゆうずう》を利《き》かせて差し上げるべきではありませんか？」

「まっ、巳之吉がいいと言うんだから、あっしに異存《いぞん》はありやせんがね……。けど、急な祝い事って、一体《いってえ》なんでしょうかね？」

「遣いの者に詳《くわ》しいことを伝えていないとは、よほど、急な話だったのでしょうよ。いずれにしても、弔事《ちょうじ》というのではなく慶事《けいじ》なのですもの、快《こころよ》く請けて差し上げるべきですわ」

おりきはそう言いながらも、どこかしら安堵《あんど》した想いであった。

と言うのも、亀蔵や幾千代から、甲本屋貴之助に浮いた噂があると聞いたばかりだったからである。

家族思いの貴之助に限ってそんなことは……。

おりきには信じられなかった。

だが、色は思案《しあん》の外《ほか》、四百四病《しひやくしびよう》の外ともいわれ、恋の病《やまい》はいつ誰を襲ってくるやもしれないのである。

それで、まさかとは思いながらも、おりきは少なからずも胸を痛めていたのであるが、さほど時を経《へ》ずして、甲本屋から家族三人でやって来るという報《ほう》がもたらされたのである。

しかも、祝膳とは……。

おりきは此度《こたび》だけはなんとしてでも請けなければと思った。

が、甲本屋の艶聞《えんぶん》を耳にしていない達吉には、どうやらおりきの真意《しんい》が摑《つか》めないとみえ、未《いま》だに心許《こころもと》ない顔をしている。

だが、たとえ相手が気心の知れた達吉であろうと、おりきは口が裂《さ》けてもこの件に触れるつもりはなかった。

「さあ、巳之吉はどんな祝膳を作るつもりなのでしょう。愉しみですこと……」

おりきはそう呟《つぶや》くと、立ち上がった。

茶屋の様子を見てこようと思ったのである。

甲本屋夫妻とお智佳は六ツ（午後六時）過ぎにやって来た。

おりきが広間に挨拶に出向くと、貴之助は崩した膝を慌てて正座に戻し、深々と辞儀をした。

「女将、済まなかったね。予約していなかったのに、突然、横車《よこぐるま》を言っちまって（無理を言う）……。さぞや、板頭に忙《せわ》しい思いをさせちまったのでしょうな……」

お延も気を兼ねたように頭を下げる。

「ごめんなさいね。あたしが何がなんでも立場茶屋おりきでなくては、と我を通しちまったもんだから……」

「構いませんのよ。甲本屋さんにはいつも贔屓《ひいき》にしていただいているのです。広間まで塞がっていればそうもいきませんでしたが、幸いなことに、この部屋は空《あ》いていましたので構いませんのよ。ですが、前もって判っていれば、板頭ももう少し腕の振るいようがあったかもしれません。如何でした？　ご満足いただけたでしょうか」

おりきは先付《さきづけ》に出された鱧尽くしに目をやった。

木の葉型の硝子皿《がらすざら》に、鱧の子玉締《たまじ》め、鱧骨煎餅焼梅肉《はもほねせんべいやきばいにく》載せ、鱧煮凍《はもにこご》り、鱧皮八幡巻《はもかわやわたまき》が並べられているのである。

「ええ、ええ、満足なんてものではありませんよ！　鱧といえば湯引《ゆび》きか椀物《わんもの》と思っていたのですが、こんなに気の利いた料理が出来るのですものね……。今も、うちの男《ひと》と感心していたんですよ」

お延が、ねえ？　と貴之助に汐《しお》の目を送る。

おりきはきやりとし、同時にほっと安堵の息を吐いた。

お延の貴之助を見る目……。

これは、どこから見ても秋風の立つ夫婦《めおと》のものではない。

口さがないのは人の世の常とはいえ、まったく他人《ひと》は無責任なものである。

が、貴之助はお延の汐の目に気づかなかったのか、お品書《しながき》を手にすると呟いた。

「椀物が鮎魚女《あいなめ》の葛《くず》打ち、造りが鰹《かつお》、鯛、鮎魚女、蕨添《わらびぞ》え……。そして、焼物《やきもの》が伊勢《いせ》海老《えび》の塩焼《しおやき》、兜甘辛煮添《かぶとあまからにぞ》え。続いて、煮物《にもの》が名残筍《なごりたけのこ》と走り小芋《こいも》……。ほう、走り小芋は甘味《あまみ》噌《そ》がかかっているのか……。こいつは美味そうだ！　それからご飯物《はんもの》となり、留椀《とめわん》が山独活《やまうど》の味噌汁《みそしる》、そして豆ご飯か……。おっ、お智佳、良かったな！　今宵の甘味《かんみ》は柚餅子《ゆべし》に、おまえの好きな水物《みずもの》だ。しかも、まだ走りの枇杷《びわ》だとよ！」

貴之助がお智佳を愛しそうに見る。

お智佳は照れ臭そうに、こくりと頷いた。

帯解《おびとき》のときに比べれば、僅か三年で見違えるほど娘らしくなったものである。

「それで、今宵は祝膳と聞きましたが、どなたのお祝いなのでしょう」

おりきが貴之助とお延を交互に見る。

お延はぽっと頰に紅葉《もみじ》を散らした。

「それが、この歳をして恥ずかしいのですが、お智佳に弟か妹が出来ることになりましたの」

「まあ、それは祝着《しゅうちゃく》に存じます。恥ずかしいなんて、とんでもありませんわ！　お智佳ちゃん、良かったわね！　やっと、お姉さんになれるのですものね」

おりきがお智佳に目まじしてみせる。

お智佳は素直にこくりと頷いた。

「実は、赤児《やや》が出来たとはっきり判ったのが今日のことでしてね。手習塾から戻って来たお智佳にそのことを伝えますと、ヤッタ、ヤッタって、小躍りしながら部屋の中を駆け廻るではないですか……。その姿を見て、これまで口に出すことはなくても寂《さみ》しかったのだろうと思うと、胸がじんと熱くなりましてね」

「だって、これまで逢う人逢う人に、弟はまだか妹はまだかって訊ねられてたんだもの……。けど、帯解を済ませた頃から、もう誰も訊ねなくなったの……。皆からしつこく訊ねられていた頃には面倒だなって思ってたけど、誰からも訊ねられなくなると、あたし、なんだか寂しくって……。だって、それって、うちにはもう赤ちゃんは生まれないって皆が諦めたってことでしょう？　だから、おっかさんから年が明けた頃には赤児《やや》が生まれるって聞いたとき、あたし、嬉しくって！　明日、手習塾に行ったら、皆に自慢してやるんだ！」

お智佳は嬉しそうに目を輝かせた。

「まあ、そうでしたの。それが判っていましたら、板頭に言って、活鯛《いきだい》の姿造《すがたづく》りでも出させましたのに……。改めて、お祝いを言わせていただきます」

おりきが深々と頭を下げる。

すると、貴之助が咳《しわぶき》を打った。

「家族が増えることになり、これからお七夜《しちや》、百日《ももか》、食い初めとますます立場茶屋おりきの世話になることになるだろうが、まっ、ひとつ宜しく頼みましたよ。なに、姿造りなどなくても構わないのだよ。あたしは形式より実を取り、気の利いた美味いものが少しあればよいのだからね。まっ、いちいち言わなくとも、板頭にはあたしの好み、甲本屋の家族全員の好みが解っている……。それで安心してここに来られるのだからよ」

「はい、存じております」

そうして、おりきは一旦広間を去った。

が、暫くして二階の客室にお薄《うす》を点《た》てようと帳場を出たおりきは、廊下の先にある厠《かわや》に人の気配《けはい》を感じ、はっと目を向けた。

なんと、貴之助が厠に続く渡り廊下に佇《たたず》み、裏庭へと目を向けているではないか

……。

昼間というのであればまだしも、裏庭は漆黒《しっこく》の闇《やみ》に包まれている。

一体、何を眺《なが》めているのだろうか……。

おりきは声をかけようと一歩前に脚を踏み出し、はっと思い留《とど》まった。

貴之助の背に、何人《なんぴと》をも寄せつけない、深い憂《うれ》いが漂《ただよ》っていたのである。

そっとしておいてくれ……。

その背は、そう語っていた。

おりきは息を殺し、そっと身体を返そうとした。

が、その刹那、貴之助が振り返った。

おりきと貴之助の視線が絡《から》み、貴之助はバツが悪そうに、ひょいと会釈した。

おりきも頭を下げる。

見てはならないものを見てしまったような思いに、おりきの胸が忸怩《じくじ》としたもので覆《おお》われていく。

涙に潤んだ貴之助の目が、掛行灯《かけあんどん》の灯《ひ》を受け、きらと光って見えたのである。

その夜、貴之助は悶々《もんもん》とした想いを抱えて床に就《つ》いた。

だが、眠ろうと焦《あせ》れば焦るほど目が冴《さ》えてきて、闇の中、お延の立てる安らかな寝《ね》息《いき》がますます貴之助を昏迷《こんめい》へと誘《さそ》うのだった。

お延は婿養子《むこようし》の貴之助には勿体《もったい》ないほどに出来た女房で、家付き娘にありがちな権《けん》高《だか》なところもなければ、常に一歩退《しりぞ》いた形で亭主を立てようとする、心根《こころね》の優《やさ》しい女ごだった。

その実、汀に出逢うまでの貴之助は、他の女ごに一切《いっさい》の関心がなかったのである。

と言っても、女房に一途《いちず》というのでもなく、お延には一度も胸を掻《か》き毟《むし》りたくなるほどの愛しさを感じたことがない。

先代に見込まれて甲本屋の婿養子となった貴之助は、今日まで、お延と夫婦《めおと》でいることを当然のことのように思ってきたのである。

元々酒を嗜まない貴之助は酒席に侍《はべ》ることは皆無《かいむ》といってもよく、凡《およ》そ女っ気《け》とは縁のない日常……。

お延からたまには町内の寄合に顔を出し、芸者遊びでもしてはどうかと勧《すす》められても、莫迦なことを、と一笑《いっしょう》に付していたのである。

だからといって、不気《ぶき》（不粋《ぶすい》）かといえば、そうでもない。

食に関しては、巳之吉が舌を巻くほどの食通だし、俳句も詠《よ》めば、古美術を見る目も確かである。

では、女ごが嫌いかといえばそうでもなく、見目好《みめよ》い女ごを見ると胸がときめき、おりきのしっとりとした美しさの前に出ると、いつも心が和《なご》むのだった。

だが、びり沙汰で自分を見失うようなことだけはしたくない。

貴之助は常からそう思ってきたのである。

「おまえさまほどの堅物《かたぶつ》って、この品川宿中捜《さが》したっていませんよ。そりゃ、あたしは女房として嬉しいし、安心もしていられますよ……。けど、たまには他の殿方《とのがた》のように芸者を揚《あ》げてお座敷遊びでもなさったら如何です？　あたしはそんなことに妬心《としん》を抱く度量《どりょう》の狭《せま》い女ごではありませんからね。あたしが嫌なのは、おまえさまが他の女ごに心を移すこと……。心さえあたしの傍にいて下されば、決しておまえさまを拘《こう》束《そく》しようなんて思いませんもの……」

営《いとな》みの最中《さなか》、お延が貴之助の耳許で囁いた私語《ささめごと》（睦言《むつごと》）である。

貴之助はきややりとし、思わず身を硬くした。

お延は他の女ごを抱いてもいいが、心まで移すなと言っているのである。

それは、貴之助が女ごを弄《もてあそ》ぶような男でないと知っているからこそ言えた言葉であり、つまり、お延は遠回しに貴之助が他の女ごと情を交《か》わすことを許さないといったのである。

お延に言われるまでもなく、貴之助は煩《わずら》わしいことに首を突っ込むつもりはさらさらなかった。

それなのに、四十路近くになり、しかも第二子に恵まれようとする現在《いま》になり、汀のことが寝ても覚めても頭から離れなくなってしまうとは……。

何しろ、汀のことを思うと、肋骨《ろっこつ》の狭間《はざま》に錐《きり》でも差し込まれたかのような痛みを覚えるのである。

生まれてこの方、こんなことは初めてのことだった。

そして今日、まさか、汀に思いの丈を吐き出してきたばかりのところで、お延に第二子を懐妊したと打ち明けられようとは……。

青天《せいてん》の霹靂《へきれき》とは、まさにこのことである。

ああ、あたしは一体どうしたらよいのだろうか……。

貴之助は叫びだしたいような想いに、闇の中へと視線を彷徨《さまよ》わせた。

と、その瞬間、お延がクウと軽《かろ》やかな寝息を立てた。

貴之助の胸が熱いもので一杯になる。

闇の中から、誰かに問われたように思ったのである。

おまえにこの女ごを捨てられるか……。

そして、愛しい愛しいお智佳が捨てられるか……。

否《いな》！

貴之助は即座《そくざ》に首を振った。

北馬場町の仕舞た屋を出たときには、甲本屋の主人《あるじ》の座を捨て、汀と二人で新《あら》たなる人生を歩もうと決意した気持が、その瞬間、情けないほどにしゅるしゅると萎《しぼ》んでいった。

甲本屋という器《うつわ》があれば、自分が姿を消してもお延は新たに自分より遥《はる》かに出来た婿を迎えるであろうし、お智佳には義父《ちち》も出来る……。

そう思い、甲本屋を捨てる決意をしたのだが、お延のお腹に赤児《やや》がいるとは……。

女房を孕《はら》ませるだけ孕ませておいて、他に好いた女ごが出来たからと言って放り出すなんて、そんな人でも杭《くい》でもないことが出来るはずもない！

第一、そんなことをしたのでは、いずれ甲本屋の跡取りとなるべく小僧の頃からたき上げてくれ、大切な一人娘を託《たく》してくれた先代に顔向けが出来ないではないか……。

一分《いちぶ》の恩に舌を抜かれろ……。

先代が口癖《くちぐせ》のように言っていた言葉である。

そう思ったとき、確か立場茶屋おりきの女将も同じようなことを言っていたような……、と貴之助は思った。

「一分の恩に舌を抜かれろ……。僅かな恩にも報《むく》いよという意味ですが、その心があれば、人は道を踏み外すことはありません。人は情《なさけ》の器物《うつわもの》も同じような意味で、情を持って人に接すれば、廻り廻って、皆が幸せになれる……。わたくしはこれを先代の女将から教わり、以来、座右《ざゆう》の銘《めい》のように思ってきましたのよ」

何かの折、おりきは貴之助にそう話したことがある。

あっと、貴之助は息を呑《の》んだ。

もしかすると、お延と汀の狭間に立ち、思い屈《くっ》して暗中模索《あんちゅうもさく》のままに漆黒の裏庭に目を這《は》わせていたあのとき、図《はか》らずも女将の視線にぶつかったのは、何かの暗示《あんじ》だったのではなかろうか……。

その途端《とたん》、汀が遥か彼方《かなた》へと遠ざかっていくのを感じた。

行くな、汀……。

貴之助は藻掻《もが》き、汀へと手を伸ばそうとした。

が、藻掻けば藻掻くほどに身体が硬直し、身動きが取れない。

そこで、ふっつりと記憶が途絶《とだ》えた。

どうやら、貴之助は眠りに落ちてしまったようである。

はっと、顔の傍に人の気配を感じて目を開けると、お智佳が貴之助の顔に頭を擦《す》りつけるようにして覗き込んでいた。

「やっと目が醒《さ》めたんだ！　おとっつァん、寝坊助《ねぼすけ》なんだから……。おっかさんが早くおとっつァんを起こしておいでって！　朝餉《あさげ》は家族一緒に食べるのがうちの決まりですからってさ！」

お智佳が無邪気《むじゃき》な顔をして、貴之助の身体を擽《くすぐ》る。

「これ、止しなさい！　擽ったいじゃないか……」

「だから、早く起きなよ！」

「ああ、解った。すぐに身支度《みじたく》をして茶の間に行くから、お智佳は先に行ってなさい」

「はァい！」

お智佳が去って行く。

貴之助は気怠《けだる》い身体を起こすと、身支度を始めた。

水無月《みなづき》（六月）に入ったばかりだが、まだ六ツ半（午前七時）だというのに、じっとりとした蒸《む》し暑さが肌に纏《まと》いつく。

貴之助は矢鱈縞《やたらじま》の着物に博多織《はかたおり》の平帯《ひらおび》を横長《よこなが》に結《むす》ぶと、前垂《まえだ》れをつけて茶の間に入って行った。

「よくお休みでしたこと！　いつもは六ツ（午前六時）前には目醒《めざ》めるおまえさまが、今朝はよくお休みのようだったので、声をかけずにいましたのよ」

お延がふわりとした笑みを投げかけてくる。

貴之助は不人相《ぶにんそう》（愛想《あいそ》のない）な顔をして、箱膳《はこぜん》の前に坐《すわ》った。

昨夜はまんじりともしなかったように思ったが、では、胸の内であれこれと逡巡《しゅんじゅん》している内に眠りに就いてしまったのであろうか……。

「旦那さまが寝忘《ねわす》れる（寝坊する）なんて珍しいことがあるもんですね」

お端女のお若が味噌汁を装《よそ》いながら言う。

箱膳の上には、小鯛《こだい》の尾頭付きや赤飯、お浸しが佃煮《つくだに》と一緒に載せられていた。

「これは?」

貴之助がお延に目をやる。

お延はくっと肩を揺すった。

「昨夜、万が一、うちで祝膳ということになったらと思い、お若が用意してくれていたのですって……。けど、今朝、もう一度祝ったって構わないのですものね」

お延がそう言うと、お智佳がパチパチと手を叩《たた》く。

「あたし、お祝いなら、毎日したっていいよ! ねっ、おっかさん、これから赤児《やや》が生まれるまで毎日、お祝いをしようよ」

「まっ、なんて娘《こ》だろ! 毎日祝っていたら、赤児《やや》が生まれたらどうするのですよ。そのときは誕生祝いってことになるのだけど、今から毎日祝っていたのでは有難味《ありがたみ》が薄れちまいますからね」

「あっ、そっか……」

お智佳がひょいと肩を竦める。

「では、頂《いただ》きましょうか」

お延が貴之助に早く箸を取れと目で促《うなが》す。

お延はこんなところでも亭主を立てることを忘れず、誰であれ、貴之助より先に箸を取らせようとしなかった。

貴之助は食欲が湧《わ》かないまま、箸を取った。

が、赤飯も小鯛も砂を嚙むようで、美味いとも拙《まず》いとも感じない。

「おっかさん、今夜、螢狩《ほたるが》りに行ってもいい？」

お智佳が燥いだように言う。

「螢狩りって、一体どこに……」

「目黒川沿《めぐろがわぞ》いに西に上がって行くと、大崎村《おおさきむら》の辺りに螢が一杯飛んでるんだって！　ねっ、いいでしょう？　手習塾のお師さんが皆を連れてってくれるって……」

「中越《なかごし》さまが？　いいえ、駄目ですよ。螢が出るのは六ツ半（午後七時）を廻った頃……。そんな時刻に子供を外に出すなんてことは出来ません」

「だって、お師さんが一緒なんだよ！　おふみちゃんも行くし、おことちゃんも定坊《さだぼう》も順《じゅん》ちゃんも、みんなが行くっていうのに、なんであたしだけ行っちゃ駄目なんだよ！」

お智佳が興奮して甲張った声を上げる。

「そんなことを言っても……。じゃ、おとっつァんに決めてもらいましょう。ねっ、おまえさま、お智佳はあんなことを言ってるけど、駄目に決まってますよね？」

貴之助は心ここにあらずで何も聞いていなかったが、突然水を向けられ、はっと我に返った。

「えっ、なんだって？」

「嫌ですわ。聞いていなかったのですか？　いえね、今宵、お智佳が手習塾のお師さんに連れられて、大崎村の辺りまで螢狩りに行くって言うんですよ。いくらお師さんが一緒だといっても、小さな娘《こ》がそんな時刻に外を彷徨《うろつ》くなんて感心しませんものね。はっきり駄目だと言ってやって下さいな」

「ええっ！　嫌だよ……。ねっ、おとっつァん、いいでしょう？　だって、手習塾の子はみんな行くんだよ。あたしだけいかないと、また、大店の娘だと思って気取ってるって悪口を言われるもの……」

お智佳が縋《すが》るような目で貴之助を見る。

「また悪口を言われるって……。えっ、おまえ、皆から苛められていたのかえ？」

お延が挙措《きよそ》を失い、おろおろと貴之助を見る。

「苛められてはいないけど……。でも、きっと、そう言うに決まってるんだ！」

お智佳が悔《くや》しそうに唇を嚙む。

「お延、いいだろう、行かせてやりなさい。子供には子供の付き合いというものがある。それに、子供たちだけで行くというのであれば止めなければならないが、中越さまも行かれるというのなら、まっ、いいだろう」

「お師さんだけじゃないよ。奥さんも一緒に行くんだって！」

「それなら、尚《なお》、安心だ。大人が二人ついていれば大丈夫だろうからよ」

貴之助がそう言うと、お智佳がまるで子犬が親犬にじゃれつくようにして、貴之助に纏いつく。

「これっ、止しなさい！」

「お智佳、おとっつァん、大好き！」

貴之助はお智佳を引き寄せると、膝に抱いた。

無性に、お智佳を抱き締めたい衝動に駆られたが、なんとか圧《お》し留めると耳許に囁いた。

「いいか、危《あぶ》ないことだけはするんじゃないぞ！　おまえに何かあったら、おとっつァんもおっかさんも生きた空がしないんだからよ」

「うん、解った！」

お智佳はそう答えると、さっと貴之助の膝から逃れていった。

ついこの間まで、父親《てておや》の膝に載っかり、お願いだからもう避《よ》けてくれと頼むまで離れようとしなかったお智佳が、現在《いま》では、這々《ほうほう》の体《てい》で逃れようとする……。

これが成長するということなのであろうが、貴之助の胸をつっと寂しさが過ぎっていった。

そんな二人を、お延とお若が呆れ返ったような顔をして瞠めている。

貴之助はバツの悪さを隠すかのように、再び、箸を取った。

「お智佳が今宵はいないのだとすると、あたしも萬年堂を訪ねてもいいかしら？　いえね、赤児《やや》が出来たことを報告かたがた、夕餉をご一緒しようかと思って……。ねっ、おまえさま、いいでしょう？」

お延が貴之助の顔色を窺う。

「ああ、いいだろう」

「でも、おまえさまはどうします？　一人きりで留守番なんて……」

貴之助は苦笑《くしょう》した。

「莫迦な……。子供じゃあるまいし、一人きりだろうと構わないさ。いいから、出掛けてきなさい」

お延とお智佳が顔を見合わせ、嬉しそうに目まじする。

何故かしら、貴之助はほっと救われたような気がした。

お智佳が早めの夕餉を済ませて手習指南所のある南本宿《みなみほんじゆく》へと出掛けて行き、お延が一張羅《いっちょうら》に着替えて出て行くと、貴之助は夕餉膳を運ぼうとしたお若に声をかけた。

「ああ、済まない。急用を思い出したので、あたしも出掛けて来るよ」

「えっ……。では、夕餉はどうなさいます？」

「要《い》らない。外で食べるので、あたしに構わず、店衆《たなし》の夕餉の仕度をしてやっておくれ」

「………」

お若が返答に窮《きゆう》し、困じ果てた顔をする。

が、貴之助は前垂れを外し、紗《しゃ》の羽織を羽織《はお》ると、行き先も告げずに見世を出た。

夕凪《ゆうなぎ》に入り、湿気《しつけ》を帯《お》びた粘《ねば》っこい熱気が全身を包んでくる。

貴之助は行合橋《ゆきあいばし》を目指《めざ》して歩いて行った。

町には牛頭天王祭《ごずてんのうさい》の名残がまだそこかしこに残っていて、街道脇には屋台店が建ち並び、人溜《ひとだまり》の中を際物売《きわものう》りが荷を担《かつ》いでいく。

弁慶《べんけい》（竹箒《たけぼうき》のような藁苞《わらづと》）に細く割った竹を差し、その先に丸い螢籠《ほたるかご》をぶら下げているのは、螢売《ほたるう》り……。

「かんざらし、白玉《しらたま》ァ〜。ごぜん白玉ァ〜〜」

白玉売りの売り声が響き、早々と盂蘭盆会《うらぼんえ》に向けて灯籠売《とうろうう》り、苧殻売《おがらう》りの姿もちらほら……。

今頃、お智佳はどの辺りを歩いているのであろうか……。

ふっと、貴之助の眼窩《がんか》を、黒目《くろめ》がちな目をしたお智佳の顔が過ぎった。

わざわざ螢狩りになど行かずとも、螢売りから買い求めれば済む話なのだが、螢籠の中の螢を見るのと、漆黒の闇に舞《ま》う螢を見るのとでは天と地ほどの違いがあり、貴之助はその神秘《しんぴ》な幻想《げんそう》の世界を、お智佳にもその目にしっかと焼きつけてほしいと思うのだった。

「おう、一つ貰《もら》おうか」

貴之助が螢売りに声をかける。

「へい、毎度！」

螢売りが肩に架けた弁慶を下ろし、竹から籠を抜き取る。

籠の中には、螢が四匹……。

いずれが雄《おす》でいずれが雌《めす》かも判らなければ、まだ完全に日が暮れていない薄闇《うすやみ》の中では、光っていることすら判らない。

貴之助は螢籠を手に行合橋を渡り、北馬場町へと脚を向けた。

やはり、汀にお延が身籠《みご》もったことを告げないわけにはいかないだろう。

隠したところで、お延の腹が膨《ふく》らめば知られることになり、そうなると、何故それまで打ち明けなかったのか釈明《しゃくめい》するのに四苦八苦《しくはっく》するのは目に見えている。

だが、打ち明けたとして、汀はどう思うであろうか……。

ああ、やはり、汀に思いの丈を打ち明けるべきではなかったのだ。

昨日、貴之助が打ち明けたとき、もうここには来ないほうがよい、自分には自信がないと言った汀……。

「では、本当に、もうここに来てはならないというのだね？」

貴之助がそう訊ねると、汀は幼児のように、嫌！　と首を振った。

そして、堰を切ったかのようにはらはらと頰を伝った涙……。

「嫌です！　来ないなんて言わないで下さい……」

それは、百万遍《ひゃくまんべん》の言葉を弄《ろう》するよりも説得力のある、愛の告白だったのである。

汀をそこまで追い詰めておいて、どの面下《つら》げて、お延が身籠もったと言えようか……。

男というものは、なんと因果《いんが》な生き物なのであろうか……。

狂おしいまでに恋《こ》い焦《こ》がれる女ごを頭に描《えが》きながら、肉欲《にくよく》のために他の女ごが抱けるのであるから……。

夫婦の営みなのだから……、と釈明したところで、昨日、汀に恋心を打ち明けたばかりとあっては、では、あれは一体なんだったのだということになる。

そんなことを考えていると、北馬場町の仕舞た屋に着いていた。

汀は湯屋《ゆや》から戻ってきたばかりのところで、貴之助は洗い髪を櫛巻《くしま》きにしたその姿を新鮮に感じた。

汀は貴之助が手にした螢籠を目にすると、あらっ、と目を輝かせた。

「行合橋の袂《たもと》で螢売りに出会《でくわ》したものだからね……。土産《おみや》だよ」

貴之助が籠を手渡し、もう片方の手に持った折詰鮨《おりづめずし》を掲げてみせる。

「夕餉は済ませたのかな？　まだなら、一緒に食べようではないか」

汀が訝しそうな顔をする。

「これから仕度をと思っていたところですけど、旦那さまも召し上がっていないのですか？」

「ああ。お智佳が手習塾のお師さんと螢狩りに出掛けてね。そしたら、お延までがこれ幸いとばかりに、友達と出掛けちまったんだよ……。あたしもこんなことでもないとおまえさんと夕餉を共にすることが出来ない。そう思うと、矢も楯《たて》も堪らなくなってここに来ちまったんだよ。本当は折詰鮨なんかより、どこか気の利いた見世に行くほうがよかったのだろうが、二人で出歩くと、口さがない連中に何を言われるやもしれないのでね……」

「折詰鮨で充分ですよ。では、何か汁物《しるもの》でも作りましょうね」

汀が折詰鮨を受け取り、厨に立って行く。

「丁度、豆腐《とうふ》を買ってありましてね。旦那さま、冷奴《ひややつこ》はお好きですか？」

汀が厨から声をかけてくる。

「ああ、大好物だ」

「でしたら、冷奴と、豆腐と卵で玉子汁《たまごじる》を作りましょうね」

汀がいそいそと鉄鍋《てつなべ》に出汁《だし》を取り、葱《ねぎ》を刻む。

トントンと軽やかな包丁《ほうちょう》の音を聞きながら、貴之助はふっと自分にもこんな暮らしがあったのかもしれないと思った。

仕事を終えて恋女房の待つ裏店に戻ると、忙しげに夕餉の仕度をする女房の姿……。甲本屋にいると、まず以てお延が厨に立つことはなく、夫婦して茶の間に坐っているだけで上げ膳据え膳……。

それをごく普通のことと思っていたが、考えてみれば、貴之助はしがない海とんぼ（漁師）の息子……。

双親《ふたおや》を早くに亡くし、当時住んでいた裏店の大家の口利《くちき》きで甲本屋に上がり、現在《いま》の自分があるのである。

「あら、どうしました？　随分《ずいぶん》と静かなので、あたし、心配になっちまいましたよ」

汀が鉄鍋を運んで来て、長火鉢にかける。

「いや、おまえさんが厨に立つ姿を見ていると、なかなかいいもんだな、と思ってよ」

「嫌ですよ！　当たり前のことではないですか……。さっ、出来ましたよ。冷奴に卵汁……」

汀が猫板の上に汁椀《しるわん》と小鉢《こばち》に盛った冷奴を置く。

貴之助は折詰鮨の包みを解いた。

小鰭《こはだ》に穴子《あなご》、海老、烏賊《いか》、鮪、玉子《たまご》焼《やき》と、豪華版《ごうかばん》である。

これは南本宿の仕出屋《しだしや》で求めたものである。

「まあ、なんて美味しそうなんでしょう！　あたしはいつも屋台鮨《やたいずし》ばかりで、こんな上等な鮨は食べたことがありませんわ」

汀が興奮したように言う。

なんて、愛らしい女《ひと》なんだろう……。

貴之助の胸がぎりりと疼《うず》いた。

「さあ、食べようではないか！」

二人は黙々と鮨を食べた。

何か言わなければと思うが、胸が一杯で言葉が出て来ない。

そうして、粗方《あらかた》鮨が片づいたところで、貴之助はようやく口を開いた。

「実は、今宵はおまえさんに打ち明けなければならないことがあってね」

お茶を淹れていた汀が手を止め、貴之助を窺う。

その目は、昨日、胸の内を打ち明けられたばかりだというのに、まだ何かあるのかといった目であった。

「言い辛いのだが、実は、お延が身籠もっていることが昨日判ってよ……。いや、誤解をしないでほしい！　昨日、あたしがおまえさんに胸の内を打ち明けたときには、お延が身籠もっていることを知らなかったのだよ。それが家に戻ってみると、いきなりお延からそう告げられ、あたしはもうどうしてよいのか……。昨夜は、このことをおまえさんに打ち明けるべきかどうかひと晩中思い屈したのだが、今朝になり、隠したところでいずれ判ることだからと、やっと、正直に打ち明ける決心がついたのだよ。許してほしい。この通りだ……」

貴之助が威儀《いぎ》を正し、深々と頭を下げる。

「お止し下さいませ、旦那さま……。許すも何も、あたしには何も言う資格がありません。お目出度いことではないですか！　そうですか……。お智佳ちゃんがさぞや悦んだことでしょうね。お智佳ちゃん、言っていましたもの……。自分は一人っ子なので寂しくて堪らない、弟でも妹でもどちらでもいいから、いたらうんと可愛《かわい》がってやるのにって……。それで、赤児《やや》はいつ頃生まれるのですか？」

「現在《いま》三月《みつき》というから、年明けには……」

「三月《みつき》ですか……」

汀はそう言うと、圧《お》し黙った。

案の定、頭の中で指折り数え、貴之助が言った、ひと目見たときからおまえさんの虜《とりこ》となった、現在《いま》では四六時中おまえさんのことが頭から離れない、という言葉の信《しん》憑性《ぴょうせい》を疑っているようである。

が、汀のことで頭が一杯になったことに嘘はなく、ここで今、男の性《さが》を説明してみたところでどうにもならない。

「男の子だといいですね」

汀がわざとらしく頰に笑みを貼《は》りつける。

「ああ……。甲本屋は三代続いて女ごの子しか生まれなかったというからね」

「甲本屋さんが安泰《あんたい》なのを確認できて、これであたしも安心してここを去ることが出来ますわ」

「ここを去る？　去るとは一体……」

「申し訳ありません。あたしも早く言わなければと思っていたのですが、深川のお師さんが此の中体調を崩されていて、そろそろあたしに家元《いえもと》の座を譲《ゆず》りたいので出来るだけ早く深川に戻ってきてくれと言われていたのですよ。けれども、お智佳ちゃんをはじめとする品川宿に何人かいる弟子を放り出していくわけにもいかず、逡巡していたのです。ところが、二、三日前に文が届きましてね。それによると、いよいよ師匠の容態《ようだい》が思わしくないそうで……。それで、あたしも決心がつきました。品川宿のお弟子さんには申し訳ないのですが、勝手を徹させていただこうかと……」

寝耳《ねみみ》に水のことだった。

では、昨日、汀の口から出た、嫌です！　来ないなんて言わないで下さい……、というあの言葉はなんだったのであろうか……。

深川に戻る決心がついていたのであれば、決して、そんな言葉は出ないはずである。

汀は貴之助の胸に過ぎったそんな想いに気づいたのか、ふっと寂しそうな笑みを浮かべた。

「莫迦ですね、あたしって……。深川に戻らなければならないことが解っていて、旦那さまの身に余る言葉を聞き、つい、心が鈍《にぶ》ったというか、惑《まど》いが出てしまいました……。けれども、内儀《おかみ》さんに赤児《やや》が出来ると聞き、はっと現実に引き戻されました。これで良かったのですよ。内儀《おかみ》さんやお智佳ちゃんを哀しませてはならない……。あたし、そう言いましたでしょう？　だから、神仏が旦那さまやあたしに踏ん切りをつけさせようと、内儀《おかみ》さんに赤児《やや》を授《さず》けられたのかもしれません」

「…………」

貴之助は汀の目に涙が光ったのを見逃《みのが》さなかった。

汀は嘘を吐いている……。

いや、きっと嘘に決まっている！

貴之助は汀の手を握り締めた。

「汀、聞いてくれ！　あたしは甲本屋を捨てようと思ったのだ。お延は出来た女房だし、お智佳も可愛い。あの二人のことを思うと後ろ髪を引かれるような思いだが、あたしはおまえさんのほうがもっと愛しい……。この先、おまえさんと共に歩めるのであれば、火の中水の中、何があろうとおまえさんを護《まも》ってみせよう、とそう思ったのだよ。だが、お延のお腹に赤児《やや》がいると聞いてからは、身重《みおも》の女房や娘を捨てて恋路《こいじ》に走るのは、いかにいっても身勝手なのではなかろうかと思えてきて……。済まない。あたしはもうどうしてよいのか解らないのだよ」

貴之助が辛そうに顔を歪《ゆが》める。

「謝ることはありませんわ。それが当然のことなのですもの……」

汀はそう言うと、立ち上がり行灯《あんどん》の灯を消した。

畳の上に置いた虫籠《むしかご》の中で、螢がきらり、きらりと儚《はかな》げな光を放っている。

「あの光っているのが雄で、雌の姿は見えないけど、きっと籠の隅《すみ》にでもいるのでしょうね。まるで、あたしたちみたい……」

汀はぽつりと呟いた。

「あたしたちみたいとは……」

「だって、籠の中では恋が成就するかどうか判らないし、成就できたとしても、泡沫《うたかた》の恋……。籠の中で果てていくのですもの……」

「………」

貴之助にはもう何も言えなかった。

汀が火打石《ひうちいし》を打ち、行灯に灯を入れる。

おぼおぼしい明かりが二人を包み込んだ。

と、そのとき、汀が貴之助の胸に飛び込んできた。

「抱いて下さい！　今夜だけ……。それで、旦那さまもあたしも互《たが》いに忘れましょう。あたしはもう思い残すことはありません……」

貴之助が堪えきれずに汀を押し倒す。

通りから、夜鷹蕎麦《よたかそば》の鈴の音《ね》が流れてきた。


翌日、貴之助は昼餉《ひるげ》を済ませ、北馬場町へと急いだ。

懐《ふところ》の中には切餅《きりもち》（二十五両）が一つ……。

先代から見世を託された折、万が一のとき、甲本屋の主人《あるじ》として恥をかかないためにと託された金子《きんす》の中からそっと持ち出してきたもので、無論《むろん》、お延も知らなければ、番頭も知らない金である。

貴之助は餞別《せんべつ》として、この金を汀に渡すつもりであった。

昨夜、汀はまだ後始末が残っているので、あと四、五日は品川宿を離れることが出来ないと話していた。

だから、今渡すこともないのだが、思いたったが吉日《きちじつ》……。

汀に決して手切金《てぎれきん》ではないと諄々《じゅんじゅん》と言って聞かせるためにも、やはり早いほうがよいと思ったのである。

ところが、北馬場町の仕舞た屋に着いてみると、蛻《もぬけ》の殻《から》……。

家財道具も一切なければ、部屋の中が塵《ちり》ひとつないほどに片づいていたのである。

これは一体どうしたことなのだろうか……。

貴之助は慌てて隣の仕舞た屋を訪ねた。

すると、出て来た女ごが言うには、五ツ半（午前九時）頃に道具屋《どうぐや》がやって来て、家財道具一式を引き取っていったというのである。

「食器や鍋釜《なべかま》といったものは近所の者で分けてくれと言われたんで、あたしも皿小鉢《さらこばち》や鍋を貰ったんですけどね。汀さんですか？　ええ、四ツ（午前十時）前には出て行かれましたよ」

女ごはそう言い、不審《ふしん》な者でも見るような目で貴之助を睨めつけた。

「汀さんは深川に戻ると言っていたんだね？」

貴之助がそう言うと、女ごは首を傾げた。

「さあ、深川かどこか聞いちゃいませんけどね。けど、深川に行くくらいであんな旅《たび》支度《じたく》をするだろうか……」

「旅支度？」

「ええ、手拭《てぬぐい》を姉さま被《かぶ》りにして、着物の上に塵除《ちりよ》けの浴衣を羽織り、腰に幅広《はばひろ》の腰《こし》紐《ひも》をしていましたからね。しかも、結《ゆ》えつけ草履《ぞうり》を履《は》いているときては、どこから見ても遠出《とおで》の出で立《い》ちでしょ？　ここは宿場町だもの、あたしら、そんな形《なり》をした女ごをごまんと見てきたからさ！」

女ごは鼻柱《はなばしら》に帆《ほ》を引っかけたような顔をした。

遠出の出で立ちとは……。

貴之助はわけが解らず、とほんとした。

すると、女ごが突然思い出したように、手を打った。

「そうそう、部屋の中に忘れ物があったんだけどさァ。おまえさん、そこでちょっと待ってて下さいな！」

女ごはそう言うと、慌てて部屋の中に引っ込み、暫くして、螢籠を手に戻って来た。

「可哀相に、螢は死んじまってるんだけどさ……。何故、あたしがこれを忘れ物と思ったかといえば、あの女《ひと》、部屋を出るまでは、後生大事《ごしょうだいじ》にこの籠を手にしていたんですよ。それで、あたしたちは皿小鉢や鍋といったものだけを貰って帰ったんだけど、大家があとで確認に来てみると、玄関の上がり框《かまち》にこの籠だけがぽつんと置いてあったというんですよ。大家がどうしたものだろうかとあたしに訊くもんだから、それじゃ、あたしが預かっておくと言ったんですけどね……。どうします、この籠？　お持ちになりますか？」

女ごが貴之助を上目に窺う。

「いや、いいよ。おまえさんが貰っておきなさい」

女ごの顔がぱっと輝いた。

「そうですかァ？　じゃ、貰っとこうかな……。いえね、うちに八歳の男の子がいましてね。此の中、螢狩りに連れてけとやいやい言うもんだから、この籠があると助かるってもんでさ……。ところで、おまえさん、門前町の煙管屋の旦那じゃないかえ？

さっきから、どこかで見たようなと思ってたんだが、ねっ、そうだろう？」

貴之助は慌てた。

「ああ、汀さんには娘が三味線《しやみ》を習っていてね。出稽古に通ってきてもらっていたんだが、先《さい》つ頃、姿が見えないようなので気になって……」

「ああ、それで、先《せん》にもここを訪ねて来なさったんですね？　いえね、この間、おまえさんが汀さんの家に入っていくのを見掛けたもんだから、こんな掃《は》き溜《だ》めのようなところに凡そ似つかわしくないおまえさんのような男《ひと》が来るなんて……、と怪訝に思ってたんですよ。ああ、そうかえ、娘のお師さんを訪ねて来たってわけなんだ……」

女ごは納得したとばかりに頷いた。

鶴亀鶴亀《つるかめつるかめ》……。

どこに他人《ひと》の目が光っているか判らないものである。

貴之助は女ごに暇《いとま》を告げると、北馬場町の仕舞た屋を後にした。

が、黒門横町に出た頃、貴之助の目は涙で塞がれていた。

前方の何もかもが霞《かす》んで見え、歩くのも覚束《おぼつか》ない。

汀はどんな想いで、あの螢籠を残していったのであろうか……。

「だって、籠の中では恋が成就するかどうか判らないし、成就できたとしても、泡沫の恋……。籠の中で果てていくのですもの……」

そう言って、抱いて下さい、今夜だけ……、と貴之助の胸に飛び込んできた汀……。

汀は貴之助の腕の中で一夜《ひとよ》だけ激しく燃え、そして、夜明けと共に消え去る螢のように消えていったのである。

それは偏《ひとえ》に、お延やお智佳を哀しませてはならない、貴之助を護らなければという想いから出たことにほかならない。

汀は一夜の夢を胸に秘《ひ》め、これからどこで生きていこうというのであろうか……。

どう見ても、深川に戻ったとは考えられない。

汀は自分が深川に身を置けば、いつまた貴之助が逢いに来るやもしれない、そのとき、自分に拒む自信があるだろうか……、とそこまで思い悩んだに違いない。

だから、敢《あ》えて嘘を吐いてまで、貴之助の手の届かない場所へと去って行った……。

汀……、汀……、おまえは……。

貴之助は堪えきれずに道端《みちばた》に蹲《うずくま》ると、顔を捩《よじ》って忍び泣いた。

「おめえさん、気分が悪いんけ？」

通りすがいの男が声をかけてくる。

「なに、ちょいと目眩《めまい》がしてね。済まないが、四ツ手（駕籠《かご》）を呼んでもらえないだろうか……」

貴之助は背を向けたまま、くぐもった声で呟いた。

「おっ、四ツ手だな。あい解った！　すぐに呼んでやっから、待ってるんだぜ」

職人ふうの男が、風を食らったように、街道に向けて駆け出して行く。

暫くして、男が四ツ手を従え戻って来た。

「どちらまで行きやしょう」

六尺《ろくしやく》（駕籠《か》昇《ご》き）が訊ねる。

貴之助は四ツ手に乗り込むと、

「取り敢えず、街道を六郷川《ろくごうがわ》に向けて行けるだけ行ってくれないか。川まで行くと、そこでまた考えるから……。大丈夫だ。駕籠代《かごだい》はちゃんと払うからよ。不安なら、先に金を預けておこうか？」

と言い、早道から小粒《こつぶ》（一分金）を一枚摘《つま》み出し、先棒《さきぼう》に手渡した。

「へっ、こりゃどうも……」

先棒は愛想のよい笑みを浮かべ、後棒《あとぼう》に会釈した。

正な話、行き先はどこであろうと構わなかった。

貴之助は一人で静かに泣ける場所が欲《ほ》しかったのである。

もしかすると汀が通ったかもしれない道を辿《たど》ってみるのもよし、そうして四ツ手に揺られながら、心の整理を……。

それでなければ、せっかくの汀の厚意を仇《あだ》で返すことになる。

汀はお延やお智佳、貴之助の幸せを願い、身を退《ひ》いてくれたのだから……。

そうして、四ツ手に揺られながらひとしきり泣くと、貴之助は簾《すだれ》を上げて先棒に声をかけた。

「済まなかったね。もういいから、門前町まで戻っておくれ」

「へっ、それで、門前町のどこまで行きやしょう」

貴之助は暫《しば》し考え、立場茶屋おりきまで行っておくれ、と答えた。

おりきの顔を見れば少しは心が和み、勇気を貰えるように思えたのである。

抱いて下さい、今夜だけ……。

ああ、あれは一夜の夢……。

螢の恋だったのかもしれない。

君影草

おりきが巳之吉《みのきち》と夕餉膳《ゆうげぜん》の打ち合わせをしていると、下足番見習《げそくばんみならい》の末吉《すえきち》がおみのの兄、才造《さいぞう》が訪ねて来たと知らせに来た。

「まあ、才造さんが？」

おりきはちらと達吉《たつきち》に目をやった。

達吉が仕こなし顔に目まじしてみせる。

「やれ、やっと来たか……。どうやら、女将《おかみ》さんのことを忘れていたわけじゃねえとみえるな」

その口ぶりには、才造が自前の舟を持ちたいとおりきから八両を借りたのはいいが、あれ以来、一向《いっこう》に姿を見せようとしなかったことへの皮肉が込められていた。

おりきはそれ以上言うなとばかりに達吉を目で制すと、

「では、今宵《こよい》はそれでいって下さいな」

と、巳之吉に微笑《ほほえ》みかけた。

「へい。今宵は久々に吉野屋《よしのや》の旦那にあっしの料理を食べてもらえるかと思うと、気の引き締《し》まるような気がしやす。なんせ、吉野屋の旦那がここに見えるのは半年ぶりでやすからね」

「大丈夫です。この献立《こんだて》ならば、吉野屋さまもきっと満足なさいますよ」

「じゃ、あっしはこれで……」

巳之吉がお品書《しながき》を懐《ふところ》に仕舞《しま》い、板場に下がって行く。

「末吉、才造さんをお通しして下さいな」

「へい」

末吉はそう言うと、背後に向かって、おっ、いいってよ、入《へえ》んな！　と大声を上げた。

おりきと達吉は顔を合わせ、苦笑《くしよう》した。

まったく、末吉ときたら……。

下足番の吾平《ごへい》の下《もと》につき三年半が経《た》つというのに、一向に粗野《そや》な口の利《き》き方が改まらない。

吾平や達吉が微《び》に入り細《さい》に入り客に対する作法《さほう》を教え、そのときは末吉も素直に耳を傾《かたむ》け、一見解《わか》ったふうにみえるのだが、一夜明けると、元の木阿弥《もくあみ》……。

が、言葉遣《づか》いががさつというだけで、根は純朴《じゆんぼく》で、大柄なうえに力持ちときて、雑用は難なく熟《こな》す。

思うに、末吉は愚鈍《ぐどん》なわけではなく、幼い頃に双親《ふたおや》を亡くし親戚《しんせき》を盥回《たらいまわ》しされて育ってきたという環境がそうさせるのであろう。

それで、吾平も長い目で見てやることにし、自分が現役《げんえき》でいるうちになんとか末吉を一人前の下足番に育ててみせると意気込《いきご》んでいるのだった。

才造は気後《きおく》れしたように腰を折り、上目遣《うわめづか》いに周囲《まわり》を窺《うかが》いながら入って来た。

が、帳場におりきと達吉しかいないと見るや眉《まゆ》を開き、ぺこりと辞儀をした。

「おいでなさいませ。まあ、すっかり日焼けしてしまって……。海とんぼ（漁師）の仕事にはもう慣《な》れましたか？」

「おう、そんなところに突っ立ってねえで、いいからこっちに来て坐《すわ》んな！」

達吉が手招きすると、才造は怖《お》ず怖ずと長火鉢《ながひばち》の傍《そば》まで寄って来た。

「無沙汰《ぶさた》をして済みやせんでした……」

「そうでェ！　おめえ、あれ以来《いれえ》ちっとも姿を見せねえでよ……。亀蔵《かめぞう》親分からおめえが竜龍《たつりゅう》の親方に可愛《かわい》がられ、仲間とも甘《うま》くやっているらしいと聞いていたからいいようなものの、そうでなきゃ、女将さんも俺も、またぞろ、おめえが妙な気を起こすんじゃなかろうかと気を揉《も》まなきゃならなかったんだからよ」

達吉が小言《こごと》ともひょうらかしともつかない言い方をする。

「大番頭さん、頭ごなしになんですか……。よいではないですか、こうして今日、才造さんが訪ねて来て下さったのですもの。さっ、お茶をどうぞ」

おりきがふわりとした笑《え》みを湛《たた》え、才造に茶を勧《すす》める。

「へっ……」

才造は気を兼ねたように湯呑《ゆのみ》に手を出した。

「それで、べか舟の調子はどうですか？」

「おっ、そうよ！　おめえも現在《いま》は自前《じめえ》の網子《あんご》だ。糸次《いとじ》という猪牙助《ちょきすけ》（軽率者）の口車《くちぐるま》に乗せられ、使い物にならねえ舟を十両で摑《つか》まされそうになったとき、竜龍の親方が助けてくれ、八両で舟を分けてくれたお陰で、捕《と》った魚をてめえで売り捌《さば》かなくてもよくなったんだ……。それもこれも、女将さんや親分が間に入《へえ》って双方円《そうほうまる》く収《おさ》めるように尽力《じんりょく》して下さったからでよ。どうでェ、良かっただろうが！」

達吉が才造を睨《ね》めつける。

「へい。あっしも現在《いま》じゃ、津元《つもと》に属《ぞく》さねえ一匹狼《いっぴきおおかみ》になりてェと生意気なことを言ったことを恥じてやす……。魚を捕るのと売り捌くのは、また別のこと……。今思えば、津元に歩合を納《おさ》めるよりも、何もかもをてめえの手でと欲をかいたことが猿利口《さるりこう》

（浅知恵）で、魚を捕ったのはいいが、捌きれずに頭を抱《かか》えている海とんぼを見るにつけ、つくづく、女将さんや親分の忠告に耳を貸していてよかったなと……」

「だろう？　人の一寸我身《わがみ》の一尺といってよ。他人《ひと》のやりくじりには気づいても、なかなかてめえの非《ひ》には気づかねえもんでよ……。他人《ひと》の意見には素直に耳を貸して損《そん》はねえ」

達吉が仕こなし顔に言う。

「へい、よく解りやした。それで……」

才造が怖々《こわごわ》とおりきを窺う。

「えっ……」

おりきは首を傾《かし》げた。

才造は懐に手を入れて早道《はやみち》（銭入れ）を取り出すと、小白《こじろ》（一朱銀）を二枚摘《つま》み出し、猫板《ねこいた》の上に置いた。

「此度《こたび》はこれだけしか返《けえ》せやせんが、節季前《せっきめえ》にはなんとか少しでも返《けえ》さねえとと思いやして……」

まあ……、とおりきは思わず胸を熱くした。

去年の暮れ、おりきがある時払いでよいと言って立て替《か》えてやったべか舟の代金八両の一部を返そうというのである。

正《まさ》な話、おりきはこの金はおみのにやったつもりでいて、返済など当てにしていなかった。

と言うのも、おみのもこの年三十三歳……。

とっくに嫁に行っていてもよい歳《とし》である。

おうめやおくめといった古株《ふるかぶ》は別として、茶屋や旅籠《はたご》の女衆《おなごし》が年頃になると、おりきは仲人嬶《なこうどかか》を立てて見合った相手に嫁《とつ》がせることにしていたが、その際、五両程度の持参金を持たせてきた。

我が娘を嫁に出すつもりでいたのである。

ところが、おみのには三宅島《みやけじま》に島流しとなった兄才造がいた。

おみのはそれまでそのことをひた隠しに隠してきて、おりきも二年ほど前まで知らなかったのだが、おみのが権八《ごんぱち》という島抜けした男に強請《ゆす》られるという事件があり、それが契機《きっかけ》となって才造の存在を知ることとなったのである。

それで、これまでおみのは縁談に耳を貸そうとしなかったのだ……。

そう思うと、おりきはおみのが不憫《ふびん》で堪《たま》らなくなった。

可哀相《かわいそう》に、おみのは才造がご赦免《しゃめん》になり娑婆《しゃば》に戻って来たときに身請人《みうけにん》となり、温かく迎え入れてやらなければと思っていたのであろう……。

「おとっつァんはとっくの昔に兄を見限っています。権八に唆《そそのか》されて兄がごろん坊の仲間に入ってからは、あんな男はうちの息子じゃねえ、二度とあいつを寄せつけるんじゃねえと言って、兄があたしや姉に接することを禁じました。兄が押し込みで捕《つか》まり三宅島に遠島《えんとう》となったときには、あたしと姉はおとっつァんの目を盗《ぬす》んで永代橋《えいたいばし》まで出掛け、流人船《るにんせん》に送られていく兄を見送りました。おとっつァんは身内から縄付《なわつ》きを出したことで世間から白い目で見られ、すっかり頑《かたく》なになっているんです。けど、それじゃ、あまりにも兄が可哀相で……。とにかく、おとっつァんの前で兄の名を出すことも許されませんでした……。けど、兄はごろん坊の仲間に入ってからも、あたしには優《やさ》しかったんです。だから、あたし、いつか兄が真っ当な男に生まれ変わって戻って来ると信じていたんです。そのときのために極力《きよくりよく》始末して、兄のためにお金を貯《た》めておいてあげよう、姉は既《すで》に所帯を持っているので頼れないし、兄にはあたししかいないんだと思って……」

おみのは才造が十七年ぶりに娑婆に戻って来ることになったとき、おりきにそう打ち明けた。

しかも、才造を迎えるに当たり、立場茶屋《たてばぢやや》おりきを辞《や》めさせてくれとまで言い出したのである。

「あたし、先《せん》から、兄が戻って来たら棟割長屋《むねわりながや》を借りて、そこで一緒に暮らそうと思ってたんです。そのために、店賃《たなちん》や当座の費《つい》えにとお金を貯めてたんです。けど、二年前、権八という男に流人の兄を持っていることを世間に暴露《ばら》すと脅《おど》され、三両も巻き上げられてしまいました。莫迦《ばか》なことをしてしまいました……。けど、あたしはそれでも諦《あきら》めませんでした。それからも旅籠から頂《いただ》く給金には手をつけず、やっとの思いで三両貯まりました。だから、棟割長屋を借りて新《あら》たに仕事を探すまでの立行《たちいき》は、それでなんとか凌《しの》げると思います」

が、亀蔵とおりきはおみのの甘い考えを諫《いさ》めた。

「おみの、てんごう言うのも大概《てえげえ》にしな！　確かに、それで棟割は借りられるかもしれねえが、新たな仕事だって？　ここより働きやすい奉公先はねえんだよ！　それによ、茶立女《ちゃたておんな》や居酒屋の小女《こおんな》になるとしても、おめえが仕事に出ている間、才造はどうするってか？　妹のおめえにだけ働かせて才造がのうのうとしているようじゃ、すぐまた、ごろん坊に逆戻りだ……。御帳付《ごちょうつ》きが再び捕まるようなことになってみな？　おめえ、遠島なんて生易《なまやさ》しいものじゃなく、鈴《すず》ヶ森《もり》の処刑場で露《つゆ》と化すのが関の山……。おめえ、そこまで考えてものを言ってるのかよ！」

「親分のおっしゃるとおりです。おみのが良かれと思ってすることが、逆に、お兄さまを追い込むことになるかもしれないのですよ。ですから、ここはまず、お兄さまとよく話してみることです。そのうえで、今後どうすればよいのか考えようではありませんか」

それで、おみのも思い留《とど》まり、おりきと亀蔵に下駄《げた》を預けた恰好《かっこう》となったのだが、取り越《こ》し苦労とは、まさにこのこと……。

才造は才造なりに身の振り方を考えていたとみえ、三宅島にいる頃に覚えた漁で身を立てたい、と亀蔵に打ち明けたのである。

亀蔵は才造の言った、これまでおみのに苦労をかけて来たことへの償《つぐな》いをするためには、それは自分が真っ当に働いている姿を見せてやること以外にはねえ、という言葉に胸を打たれた。

それで、猟師町《りょうしまち》の津元竜龍に渡《わたり》をつけ、才造を網子として雇《やと》ってもらうことにしたのである。

ところが、竜龍の網子となって四月後《よつきご》、才造がおみのに十両の金を工面《くめん》してくれないかと頼み込んできた。

聞くと、自前のべか舟を持ちたいのだという。

なんでも、使い古しだがまだ充分使えるべか舟を、十両で譲《ゆず》ってもよいと言う男がいるというではないか……。

無論《むろん》、おみのにはそんな大金があるはずもなく、女将さんに頼んで融通《ゆうずう》してもらうわけにはいかないだろうか、という才造の頼みを突っぱねた。

それで困《こう》じ果てた才造は、亀蔵へと矛先《ほこさき》を換《か》えたのだが、亀蔵は竜龍に後足《あとあし》で砂をかけるような真似《まね》をしてはならない、誰にも束縛《そくばく》されずにのびのびと漁をしたいと思う気持は解るが、竜龍の網子として我勢《がせい》していれば、そのうち、親方のほうから舟を持つことを勧めてくれるかもしれない、と諄々《じゅんじゅん》と諭《さと》した。

その話を亀蔵から聞いたおりきは、才造の焦《あせ》りが手に取るように理解できた。

才造は四十路《よそじ》半《なか》ばで、決して、海とんぼとして若くはない。島流しにあった十七年を取り戻そうにも、先はもうあまり永《なが》くないのである。おりきは夢を絶《た》たれた才造が意気阻喪《いきそそう》し、自棄無茶《やけむちゃ》になるのではなかろうかと危惧《きぐ》した。

「才造さんの場合は十七年も流人暮らしを強《し》いられ、やっと解放されてさあこれからという想《おも》いが人一倍強いのではないでしょうか……。親分は才造さんが海とんぼになって四月《よつき》しか経たないと言われますが、才造さんには三宅島で漁をしてきたという自《じ》負《ふ》があるのですよ。だから、労役《ろうえき》としての漁ではなく、これからは自分のための漁をしてみたいという想いが強いのではないでしょうか……」

「才造さんはもう若くはありません。焦らずにいろというほうが無理なのかもしれませんよ。今、ふっと思ったのですが、現在《いま》の時点で才造さんを自前の網子にすることは叶《かな》わないものかどうか、親分の口から竜龍に訊《たず》ねてみることは出来ないでしょうか？」

おりきは亀蔵にそう言った。

才造が自前の舟を持ったとしても、今後も竜龍の配下《はいか》にいれば安泰《あんたい》……。

才造は自分で魚を売り捌く必要がなくなり、それで竜龍の顔も立つのである。

そのために、おりきは才造が舟を求める金を融通してやってもよいと思った。

「但《ただ》し、差し上げるのではなく、お貸しするということで……。何年かかってもよいので、こつこつと返して下さればよいと思っています」

おりきはそう言ったが、返済を当てにしていたわけではない。

これは、おみのにやった金……。

おまきや他の女衆にもしたように、これをおみのの持参金と考えればよいのだから

……。

恐らく、おみのは才造が金を返し終えるまで縁談に耳を貸そうとしないであろう。が、才造に舟を買うことを諦めさせたとして、果たして、おみのがすんなりと嫁に行くと言うだろうか……。

否《いな》……。

おみのなら尚《なお》のこと、気落ちした才造が気懸《きが》かりで、傍から離《なお》れようとしないであろう。

思うに、おみのは生涯才造に振り回されて生きていく宿命《さだめ》にあるのである。

ならば、おみののためにも、才造に舟を持たせてやったほうがよい。

おりきはそう思ったのである。

結句、亀蔵が竜龍と渡引《わたりひき》してくれ、竜龍の持ち舟を八両で払い下げてもらえることになった。

才造はおりきが貸すという形で八両を立て替えてくれたと聞き、人目《ひとめ》も憚《はばか》らずに涙をぼろぼろと流し、親分、証人になって下せえ、俺《おり》ゃ、何年かかっても必ず女将さんに金を返《けえ》しやすから、と言ったという。

あれから半年……。

僅《わず》か二朱とはいえ、才造は約束どおり返しに来たのである。

二季《にき》の折れ目に二朱ずつ返すとすれば、八両払い終えるまでに三十二年……。

気の遠くなるような話だが、現在《いま》の才造には、二朱の金を捻出《ねんしゅつ》するのは並大抵《なみたいてい》なことではなかっただろう。

それより何より、おりきには僅かでも返そうと思う、才造の気持が嬉《うれ》しかった。

才造はおりきが感極《かんきわ》まり言葉を失ったのを見て、そろりと上目《うわめ》に窺った。

「やっぱ、これじゃ、少なすぎやしたか……」

おりきは慌てて首を振った。

「とんでもありません。充分ですよ。わたくしね、嬉しくって……。ちゃんと約束を守って下さったのですものね。けれども、無理をしたのではないでしょうね？　親分の話では、才造さんは自前の舟を持つと同時に通いになられたとか……。住み込みならば住まいや食事の心配をすることはなかったのに、すべて自前となれば掛かり費用も大変でしょうに、大丈夫なのですか？」

おりきが気遣《きづか》わしそうに才造を見る。

才造は、なァんの……、と頬《ほお》を弛《ゆる》めた。

「住まいといっても、蒲鉾小屋《かまぼこごや》でやすから……。それに、島にいた頃から自炊《じすい》には慣れてやす。米や味噌《みそ》、醤油《しょうゆ》といった調味料に銭がかかるだけで、それこそ、魚にゃ事《こと》欠《か》かねえ……」

「けど、野菜《やせえ》は？　まったく青物を摂《と》らねえわけじゃねえんだろ？」

達吉が興味津々《きょうみしんしん》といった顔をする。

「それが、よくしたもんで、青物の担《にな》い売りが帰《けえ》りがけに小屋を覗《のぞ》いてくれやしてね。竜龍に納められなかった雑魚《ざこ》と、青物の売れ残りをすっと換え（交換）って寸法で……」

「ほう、そうかよ。成程《なるほど》、おめえも助かれば、青物の担い売りも助かるってことか……。考えたものよのっ……」

達吉が感心したように言う。

「それを聞いて安心しました。けれども、決して無理をしないで下さいね。それで、おみのにはもう逢《あ》いましたか？」

おりきが訊ねると、才造は、いやっ、と首を振った。

「なんせ、あれ以来、ここに来るのは今日が初めてで……。おみのにも俺がいいというまで訪ねて来るなと言ってやすんで……。けど、俺が漁から帰《けえ》ってみると、蒲鉾小屋の戸口に風呂敷包《ふろしきづつ》みが置いてあって、解《ほど》いてみると、下帯《したおび》や胴着《どうぎ》、それに大福餅《だいふくもち》や柏餅《かしわもち》といったものが入《へえ》ってやした。二、三度、そんなことがあったっけ……。俺ャ、おみのだとピンと来た……」

おりきの胸がじんと熱くなる。

いかにも、おみのがやりそうなことではないか……。

「大番頭さん、おみのを呼んで下さい」

達吉が帳場を出て行く。

「それはそうと、お腹は空《す》いていませんか？」

おりきが才造に目を据《す》える。

「中食《ちゆうじき》を済ませてきやしたんで……」

それもそのはず、現在《いま》は八ツ半（午後三時）……。

食事というより、小中飯《こじゆうはん》（おやつ）の時刻である。

「そうだわ！　到来物《とうらいもの》の琥《こ》珀餅《はくもち》がありますのよ。美味《おい》しいお茶を淹《い》れますので、おみのが来たら一緒に頂きましょうよ」

おりきが仏壇《ぶつだん》に供《そな》えた琥珀餅を下げてくる。

と、そこに、おみのがやって来た。

「あんちゃん……」

おみのは怯《おび》えたような目をしていた。

「どうしました？　そんなところに突っ立っていないで、さあ、才造さんの傍に
……」

おりきが促《うなが》すと、おみのは気を兼ねたように肩を丸め、長火鉢の傍に腰を下ろした。

「済みません。あんちゃんがまた何か……」

おみのが怖々《こわごわ》とおりきを窺う。

どうやら、才造がまた難題《なんだい》をふっかけてきたと思っているようである。

「なんですか、おみのは……。今日はね、才造さんがお金を返しに来て下さったのですよ」

おりきがそう言うと、おみのは安堵《あんど》したのか、ふうと肩息《かたいき》を吐《つ》いた。

「そうだったんですか……。ああ、良かった！　あたし、あんちゃんがまた何かやらかしたんじゃないかと思って……」

「てめえ、この野郎！　けど、そう思われても文句は言えねえよな。これまで、さんざっぱら、おみのに迷惑をかけてきたんだからよ……」

才造がバツの悪そうな顔をして、ちらとおみのを見る。

「ごめんね、気を悪くさせるようなことを言っちゃって……。でも、ああ、良かった！　ちゃんと約束を守ってくれたんだね」

「と言っても、たった二朱しか返《けえ》せなかったんだがよ……。少なくとも、半季に一分返《けえ》せるくれェにならねえとな。これから夏場にかけて魚が上がらなくなるかもしれねえが、秋口になりゃ、少しは捕れるようになるだろうから、次の節季にはもう少し返《けえ》せるかもしれねえ……。そんな理由《わけ》でやすんで、女将さん、ひとつ、長《なげ》ェ目でみてやっておくんなせえ」

「解っていますよ。わたくしは才造さんのその気持だけで嬉しいのですからね。さっ、お茶が入りましたよ。琥珀餅を上がって下さいな」

おりきは琥珀餅を取り皿に取り分けると、才造とおみのの前に差し出した。

が、どうしたことか、おみのが俯《うつむ》いたまま肩を顫《ふる》わせているではないか……。

「おみの、おまえ……」

おりきは息を呑《の》んだ。

おみのが忍び泣いているのである。

おみのは慌てて前垂《まえだ》れで涙を拭《ぬぐ》った。

「だって、あたし、嬉しくって……」

その言葉に、おりきの目にわっと涙が衝《つ》き上げてきた。

吉野屋幸右衛門《こうえもん》は先付《さきづけ》のとろろ豆腐《どうふ》を口にすると、嬉しそうに目許《めもと》を弛めた。

「なんと優しい味がするんだろう……。玉子豆腐《たまごどうふ》とも胡麻豆腐《ごまどうふ》とも違って、まったりとした舌触《したざわ》りに、上に載《の》った生雲丹《なまうに》のコクと青柚子《あおゆず》の香り……。いやァ、これは実に美味《うま》い！　確か、あたしがこれを頂くのは初めてのような気がするが……」

「ええ、巳之吉も初めての試《こころ》みのようです。長芋《ながいも》と山芋《やまいも》の擂《す》り下《お》ろしに昆布出汁《こんぶだし》で煮《に》溶《と》かした寒天《かんてん》を混ぜるそうですが、手早く混ぜないと分離するとかで、さすがの巳之吉も完成するまでに二度ほどやりくじったとか……。それで、とろろ豆腐の周囲《まわり》にかけ回した卵黄餡《らんおうあん》はいかがですか？」

おりきがそう言うと、幸右衛門は満足げに頷《うなず》いた。

「実によく合っている。見た目は生雲丹と同じ色なので一瞬雲丹餡《うにあん》かと思ったが、口に入れて初めて卵黄と判《わか》った……。長芋と山芋だけでは味が淡泊《たんぱく》となるところを、こうして雲丹と卵黄で味に深みを添《そ》えているのだから、巳之吉という男は大した男よ！」

「なんですか、此《こ》の中《じゅう》、吉野屋さまは食が細くなられたとかで、極力、量を減《へ》らすようにとご自分で大番頭に申し出られたとか……」

おりきが気遣わしそうに幸右衛門を見る。

「ああ、情《なさ》けないことでしてね。食べることにかけては誰にも引けを取らなかったこのあたしが、此の中、品数や量の多い膳《ぜん》を目にしただけで、うんざりしてしまってよ……。食べたいという意欲が湧《わ》いてこないんだよ」

「お身体《からだ》の具合でも……」

「いや、別に、どこがどうということはないのだがよ。まっ、焼廻《やきまわ》っちまったということですかね」

「またそんなことを……。吉野屋さまはやっと六十路《むそじ》に手が届いたばかりではありませんか！」

「まあな……。だが、去年亡くなった田澤屋《たざわや》のご隠居は八十路《やそじ》を過ぎても健啖家《けんたんか》だったというが、そんなご隠居でも、歳には敵《かな》わない……。息災《そくさい》そうに見えても、逝《い》くときには呆気《あっけ》ないものでよ。それはそうと、茶立女のおよねが亡くなったんだって？　今日、大番頭から聞いて驚いちまいましたよ……。確か、およねは五十路《いそじ》半ばだったと思うが、以前から具合が悪かったのかえ？」

「いえ、いたって息災に見えましたのよ。ところが、なんら前触《まえぶ》れもなく脳の中のくも膜《まく》とかいうところの血管が切れたようで、それはもう、呆気ない死に方でした。以前から症状が出ていたとか、病《やまい》がちだったというのであれば、わたくしも用心をさせましたし、無理にでも治療を受けさせましたのに、返す返すも慚愧《ざんき》に堪《た》えません……」

幸右衛門はうむっと唇をへの字に曲《ま》げ、何か考えているようだった。

「何か？」

おりきが訝《いぶか》しそうな顔をする。

「いや、人生、いつ何が起きるか判らないと思ってよ……。それを思うと、後顧《こうこ》に憂《うれ》いを残すことなく、生きているときから心残りのないようにしておかなければ……」

「………」

おりきには幸右衛門の言おうとしていることが、いまひとつ計《はか》りかねた。

が、幸右衛門が話す気にならない限り、おりきのほうから根から葉から質《ただ》すわけにはいかない。

すると、そこに、おきちが椀物《わんもの》と造《つく》りを運んで来た。

おきちは幸右衛門の膳に造りの器《うつわ》を配すと、深々と頭を下げた。

「今宵の造りは、伊勢海老《いせえび》の洗《あら》いと鰈《かれい》、鮪《まぐろ》。付け合わせが長芋と防風《ぼうふう》となっています。

そして、椀物は冷《ひ》やし鱧椀《はもわん》……。ひんやりとした口当たりをお愉《たの》しみ下さいませ」

幸右衛門が驚いたといった顔をする。

「なんと、暫《しばら》く見ない間に、おきちがこんなに成長したとは……。これなら、いつ若《わか》女将《おかみ》の披露《ひろう》をしてもおかしくはない！　なっ、女将もそう思わないか？」

おきちは面映《おもは》ゆそうに、ちらとおりきを見た。

「有難《ありがと》うございます。そう言っていただけて嬉しゅうございますが、おきちが若女将になるにはまだまだ修業が足《た》りません。やっとこの頃うち、まともな挨拶《あいさつ》が出来るようになったばかりですので、もう暫く猶予《ゆうよ》をやって下さいませ」

おりきがそう言うと、おきちが慌ててぺこりと頭を下げる。

やれ……、この調子では、おりきが言うように、おきちの若女将の披露はもう少し先になりそうである。

女将たるもの、何があろうとも臨機《りんき》応変《おうへん》に対処《たいしよ》しなければならない。

杓子定規《しゃくしじょうぎ》に料理の説明や挨拶が出来るだけでは、旅籠、茶屋、彦蕎麦《ひこそば》まで束《たば》ねる立場茶屋おりきの女将は務《つと》まらなかった。

いちいち口に出して言われずとも、客が何を求めているのかを咄嗟《とっさ》に判断し、苦情《くじょう》が出れば出たで臆《おく》することなく対応《たいおう》し、場合によっては、謝ることもしなければならない。

それには、おきちはまだまだ修業不足……。現在《いま》はおうめの下に就《つ》き、何事も見よう見まねで熟しているだけで、おきちが一人前になるのは、困難の一つ一つを自力で克服《こくふく》できるようになってからのことである。

「なに、もうすぐだ。おきち、我勢《がせい》するんだよ！　三米《さんべい》も京《きょう》で励んでいるからよ。このところ、京では俄《にわか》に加賀山《かがやま》三米の名が持て囃《はや》されるようになってね。現在《いま》では、師匠の竹米《ちくべい》より絵の依頼が多いと聞いている……。この分では、今に、押しも押されもしない絵師になることは必定《ひつじょう》！　どうだ、おきちも嬉しいだろう？」

まあ……、とおりきが目を細める。

三吉《さんきち》がそこまでになっておくれだとは……。

おりきはおきちの目を瞠《みつ》めた。

おきちも嬉しそうに頷く。

京と品川宿《しながわしゅく》に離れていても、心は一つ……。

三吉とおきちは双子《ふたご》……。それ故《ゆえ》、普通の兄妹《きょうだい》に比べて、その契《ちぎ》りもより強いのであろう。

「あとは揚《あ》げ茄子《なす》の旨出汁《うまだし》かけと魳《かます》風干《かざぼ》し焼、焼きお握りの茶漬《ちゃづけ》となります。ごゆるりと召し上がって下さいませ」

おきちがいっぱしに口上《こうじょう》を述《の》べて下がって行く。

その背を、伝い歩きを始めたばかりの我が子を見るような目で、おりきと幸右衛門が見送った。

そして、顔を見合わせると、どちらからともなく、ふっと微笑む。

「では、頂くとしようかな」

幸右衛門が造りに箸《はし》をつける。

食が細くなったという幸右衛門を気遣ってか、造りは他の客の半分ほどの量しかない。

椀物の冷やし鱧椀も、硝子小鉢《がらすこばち》の中に、ほんのひと口ほどしか入っていなかった。

梅雨《つゆ》明けの茹《う》だるような宵《よい》には、ひんやりと冷えた椀物は食がそそられるであろう。

そして、次に出てくる揚げ茄子の旨出汁かけ、鰤風干し焼や焼きお握りの茶漬……。

どれも、他の客室の料理とは別に、幸右衛門のためにと考えられたものだった。

「ああ、この冷やし鱧椀のなんて美味《うま》いこと！　これまでも湯引《ゆび》きした鱧を冷たく冷やして食すことはあったが、それを椀仕立《わんじた》てにするとはよ……。出汁のこのひんやりとした舌触りが食をそそりますよ」

幸右衛門が相好《そうごう》を崩《くず》す。

「吉野屋さまに悦《よろこ》んでいただけて、ようございました」

おりきが安堵したように言う。

これまで、おりきは幸右衛門が美味《おい》しそうに料理を口にする姿を幾《いく》たび見てきたことか……。

今まではそれが当たり前のように思っていたが、食が細くなり、少し面窶《おもやつ》れした幸右衛門を見ると胸が切《せつ》なくなり、おりきはこの男《ひと》には生涯食べることに悦びを見出《みいだ》してもらいたいと思うのだった。

「では、わたくしはこれで……」

おりきは辞儀をして、一旦、浜木綿《はまゆう》の間を辞《じ》そうとした。

すると、幸右衛門が、おりきさん……、と声をかけてきた。

えっと、おりきが幸右衛門を見る。

「おまえさんに聞いてもらいたいことがあってよ。あとでもう一度顔を出してくれないか……」

幸右衛門がおりきを瞠める。

無論、おりきも食後のお薄《うす》を点《た》てに戻るつもりだった。

それなのに、敢《あ》えて、幸右衛門が念を押すとは……。

おりきの胸がことりと音を立てた。

やはり、幸右衛門は胸に何か抱《かか》えているようである。

「畏《かしこ》まりました」

おりきは幸右衛門の目を見返すと、頷いてみせた。


帳場に戻ると、達吉が不安の色も露《あら》わに、声をかけてきた。

「吉野屋の旦那、随分《ずいぶん》とお痩《や》せになりやしたが、身体の具合でも悪いのでしょうかね？」

「ご本人はどこも悪いところはないとおっしゃっていましたが、およねの突然の死には大層驚いておられました……」

「いえね、あっしも余計《よけい》なことを言うつもりはなかったのでやすが、旦那があっしの顔を見るなり、ここに来るのは半年ぶりだが、あれから何か変わったことはなかったか、と訊《き》かれやしてね……。それで、つい、四月の末に茶立女のおよねが亡くなったと口を滑《すべ》らせてしめえやしてね。何しろ、旦那は先代の女将の頃から立場茶屋おりきを贔屓《ひいき》にして下さり、およねのことは熟知《じゆくち》していなさるものだから、それは驚かれたようでやしてね。それっきり口を閉じてしまわれやして……。それからというもの、あっしは余計なことを言わなきゃよかったと忸怩《じくじ》とした想いでいたんでやすが、そうでやすか……。やっぱ、およねの突然の死が旦那にゃ堪《こた》えたのでしょうね。で、此の中、旦那は食が進まなくなったとお言いでやしたが、少しは食べられやしたか？」

達吉が眉根《まゆね》を寄せ、気遣わしそうにおりきを見る。

「ええ。先付に出したとろろ豆腐をそれは悦ばれましてね。造りも椀物も、量を少なくしていたので見た目に威圧感《いあつかん》を覚えずに済み、助かったとおっしゃっていました。けれども、以前の吉野屋さまのことを思うと、やはり、心寂《うらざみ》しい気がします。あの方ほど料理の味が解り、食べることに至福《しふく》の悦びを感じて下さる方は他にいませんものね……」

おりきが辛《つら》そうに肩息を吐く。

「けど、どこも悪いところはねえと言われたんでやしょ？　じゃ、歳ってことか……。けど、六十路を超《こ》したくれェじゃ、まだまだ……。歳にかけては旦那とおっつかっつのあっしがいうんだから、間違《まちげ》ェねえ！　あっ、それとも、吉野屋の旦那は心に何か悩みを抱えていなさるとか……」

達吉がちらとおりきを窺う。

「そうかもしれませんが、それはわたくしたちが立ち入ることではありませんからね」

おりきは達吉をぴしゃりと制した。

幸右衛門がおりきに聞いてもらいたいことがあるということは、心に何か蟠《わだかま》りを抱えているということ……。

が、幸右衛門からまだ何も聞いていないというのに、軽々しく憶測《おくそく》でものを言うのは憚らなければならない。

達吉が単に興味半分で言っているのではないと解っていても、そこはぴしゃりと釘《くぎ》を刺しておかなければならなかった。

達吉はひょいと首を竦《すく》めると、話題を替《か》えた。

「ところで、才造の奴、見違《みちげ》ェるほど海の男らしくなってきやしたね。これで、おみのも少しは安堵したことでやしょう。正な話、あっしは才造が金を返《けえ》しに来るとは思っちゃいなかったんだ……。だって、そうでやしょ？　おみのがここにいる限り、人《ひと》質《じち》に取られているのも同然だ。ならば、てめえが返《けえ》さなくても、おみのが自分の給金で少しずつ返《けえ》してくれるのじゃなかろうかと、才造がそんな甘《あめ》ェ考えを持っていたとしても不思議はねえからよ。恐らく、おみのもそう思ってたんじゃねえかと……。と言うのも、才造が二朱返《けえ》したと聞いたときの、おみのの顔！　あいつ、信じられねえといった顔をしてやしたからね。ところが、本当だと知るや、心《しん》から安堵した顔をして、目に涙を浮かべて……」

達吉はそのときのことを思い出したのか、しんみりとした口調《くちょう》で言った。

「ええ、わたくしも才造さんがお金を返そうとしてくれたことが嬉しくて堪りません。わたくしはあの八両はおみのにやったつもりでいました。けれども、少しずつでも才造さんが返そうとする姿勢を見せてくれることで、おみのが救われますものね。それが、更生《こうせい》へと繋《つな》がる道……」

「ああ、まったくだ。願わくば、これがずっと続いてくれること……。一回や二回で終わっちまったんじゃ、どうしようもねえからよ！」

「大丈夫ですよ。信じてあげましょうよ」

おりきはそう言うと、つと、障子《しょうじ》に目をやり、外の気配に耳を欹《そばだ》てた。

女中たちが階段を下りて来るようである。

と言うことは、最後のご飯物《はんもの》が出て、これから甘味《かんみ》となるのであろう。

おりきは立ち上がると、廊下を窺った。

おみのとおきちが盆《ぼん》に空《から》になった器を載せ、板場に行こうとしていた。

「おまえたち、浜木綿の間の器を下げてきたのかえ?」

いえっと、二人とも首を振った。

「浜木綿の間はおうめさんが……。あっ、今、おうめさんが階段を下りて来たところですよ!」

おりきは帳場を出ると、おうめの傍に寄って行き、さっと盆に目をやった。

他の客室のご飯物は鰻《うなぎ》のひつまむしだが、幸右衛門には焼きお握りの茶漬に蜆《しじみ》の味《み》噌《そ》汁《しる》である。

なんと、飯椀《めしわん》も汁椀《しるわん》も空になっているではないか……。

「良かった……。吉野屋さまは何も余すことなく食べて下さったのですね」

おうめはとほんとした。

どうやら、おりきが何を案じていたのか解らないとみえる。

「ええ。茶漬だけではありませんよ。揚げ茄子も鮃の焼物《やきもの》も綺麗《きれい》に平《たい》らげて下さり、あれぞ猫跨《ねこまた》ぎ! あらっ、猫跨ぎなんて言ったら、女将さんに叱《しか》られちまいますね。けど、食べるところがなくて猫が跨いで通るほど、それくらい綺麗さっぱり……。あたし、あれじゃ少なかったのじゃないかと心配になり、訊ねたんですよ。もう少し何かお持ちしましょうかって……。そしたら、いや、これで充分だ、美味しかったよって言われましてね。でも、本当に、あれでよかったんでしょうかね？」

「それでいいのですよ。ご苦労でしたね。では、甘味はもう出たのですね？」

「ええ、梅《うめ》の甘露煮《かんろに》と桃《もも》をお出ししました」

「解りました」

おりきはそう言うと、客室へと上がって行った。

松風《まつかぜ》の間からお薄を点てて廻《まわ》り、最後に浜木綿の間に伺《うかが》うと、幸右衛門はおりきの顔を見て、満足そうに目を綻《ほころ》ばせた。

「いやァ、何もかもが実に美味かった！　巳之吉の料理を食べるといつも元気を貰《もら》えるのだが、今宵は格別その想いが強くってね……。このところ食欲がなく、何を食べても砂を噛《か》むような思いでいたのが嘘《うそ》のように、米粒《こめつぶ》一つ余すことなく食べてしまったのだからよ。焼きお握りの茶漬の美味かったこと！　芳《こう》ばしくて、お茶の代わりにかけてあった出汁の爽《さわ》やかさが相交《あいまじ》わり、絶妙《ぜつみよう》な味を醸《かも》し出していたからよ。巳之吉にあたしが礼を言っていたと伝えてくれないか。なんだか、勇気を貰えたように思えたと……」

「そう言っていただけて安堵いたしましたわ」

おりきは心《しん》から嬉しそうな笑みを湛え、お薄を点てた。

幸右衛門はズズッと音を立ててお薄を啜《すす》ると、茶碗《ちゃわん》を畳《たたみ》に戻し、おりきに目を据えた。

「先ほど、おまえさんに聞いてもらいたいことがあると言っただろう?」

「はい」

おりきも幸右衛門を瞠める。

「実は、あまり自慢できる話ではないので、これまでおまえさんに打ち明けるのを憚っていたのだが、あたしには腹違いの弟がいてね……」

えっと、おりきが目を瞬《しばた》く。

幸右衛門に腹違いの弟がいたとは初耳《はつみみ》である。

「親父《おやじ》が先斗町《ぽんとちょう》の芸妓《げいぎ》に産《う》ませた弟なのだが、その女《おな》ご、乳《ち》飲《の》み子の勝彦《かつひこ》をあたしの母親に押しつけると、姿を晦《くら》ましちまってよ……。お袋《ふくろ》はその女ごから、おまえの亭主が孕《はら》ませた子だ、煮《に》て食おうと焼いて食おうと好きにしてくれ、と言われ途方《とほう》に暮れてよ。親父を責めたところで、生まれた赤児《やや》には罪はない……。それで、お袋は勝彦を引き取る決心をすると、吉野屋の息子、つまり、あたしの弟として育てることにしてね。あたしが十歳のときだった……。お袋にしてみれば青天《せいてん》の霹靂《へきれき》だっただろうに、お袋は子供のあたしの目から見ても、よくやったと思う……。それこそ、勝彦のために貰い乳《ぢち》をして歩いたり、まるで我が腹を痛めたかのように慈《いつく》しんでね。勝彦もお袋のことを実のおっかさんのように慕《した》っていた……。正な話、あたしは勝彦にお袋を盗《と》られたように思い、面白《おもしろ》くなかったよ。十歳にもなると、我が家に何が起きたのか手に取るように理解できたものだから、冗談じゃない！　お袋にとって、実の息子はあたしじゃないかって肝精《きもせい》を焼いてね……。だが、お袋はあたしがねずり言（嫌《い》味《や》）を言おうものなら、そんなことを言うものではない、勝彦は吉野屋の息子、おまえとは血を分けた兄弟じゃないか、しかも、おまえは押しも押されもしない吉野屋の跡取《あとと》り息子で、双親が揃《そろ》っているが、勝彦はいずれどこかに養子として入らなければならない身のうえに、実の母親は行方《ゆくえ》知れず……、せめて、勝彦が一人前の男になるまであたしが母親代わりを務《つと》めてやろうと思っているだけなのだから、おまえは泰然《たいぜん》と構えていればよいのだ、と諭されてよ。それで、勝彦とは歳も十歳離れていることでもあるし、あたしも気にしないようにしてきたのだが……」

幸右衛門はそこで言葉を切ると、苦虫《にがむし》を嚙み潰《つぶ》したような顔をした。

「…………」

幸右衛門は暫く口を噤《つぐ》んでいた。

「気にしないようにしてきたとおっしゃいましたが、それで、どうなりましたの？」

おりきは極力黙って聞いているつもりだったが、遂《つい》に痺《しび》れを切らし、やんわりと訊ねた。

はっと、幸右衛門が伏せた目を上げる。

「勝彦の元服《げんぷく》の賀儀《がぎ》の席のことだった……。それまで親父もお袋も、勿論《もちろん》あたしや見世《みせ》の者も、勝彦の出自《しゅつじ》については触《ふ》れようとせず、勝彦もなんら自分の出生に疑いを持っていなかったのだが、烏帽子親《えぼしおや》がつい口を滑らせちまいましてね……。おまえは先斗町の芸妓が産んだ子だと……。その男に悪意はなく、生《な》さぬ仲の子をこれまで実の息子のように可愛がって育ててくれたお袋に感謝しろという意味だったのだが、勝彦の顔からさっと血の色が失《う》せて……。あいつ、逃げるようにして飛び出しちまってね……」

幸右衛門が辛そうに顔を歪《ゆが》める。

「まあ……。それで、勝彦さんは？　まさか、それっきりということはないのでしょうね」

「ああ、そのときは、半日ほどして戻って来た……。だが、それが契機《きっかけ》となり、勝彦が内を外にするようになってよ。そればかりか、店衆の目を盗んで見世の金を持ち出し、まだ二才子供《にせえこども》（青二才）だというのに、ごろん坊と連《つる》んで祇園《ぎおん》や先斗町、島原界《しまばらかい》隈《わい》を遊び歩くようになってね。付け馬に連れられて戻って来ることも度々《たびたび》……。遂《つい》に、親父が堪忍袋《かんにんぶくろ》の緒《お》を切らしてね。おまえのような男は吉野屋の息子とは思わない！　今日限り、吉野屋から久離《きゅうり》（勘当）する、二度と敷居《しきい》を跨ごうと思うでないと……。勿論、お袋は親父に泣いて縋《すが》った。此度だけは許してやってほしい、このような子に育てたあたしが悪いのだからと言ってよ……」

幸右衛門が口許《くちもと》をビクビクと顫わせる。

暫《しば》し間を置いて、幸右衛門は続けた。

「思うに、親父はお袋に対し顔向けが出来ず、親父なりに苦しんでいたのだと思う……。元を糺《ただ》せば、親父が撒《ま》いた種……。それなのに、お袋は親父の非を責めようともせず、あたしと分け隔《へだ》てすることなく勝彦を育ててきたのだからね。親父はもうこれ以上、お袋に迷惑をかけられないと思ったのか、頑《がん》として、首を縦《たて》に振ろうとしなかったのだよ」

「では、勝彦さんは吉野屋から久離され、それっきり……」

おりきが眉根を寄せる。

「いや、勝彦が二十歳《はたち》のとき、一度、戻って来てね。それも、どろけんゝ（泥酔《でいすい》）になって……。勝彦は店衆が止めるのを振り切り母屋《おもや》に駆け込むと、親父の胸倉《むなぐら》を摑み、芸妓を孕ませたのはてめえじゃねえか、俺ャ、生まれたくて生まれてきたわけじゃねえ、それをなんだよ、手に負《お》えなくなったからって久離だと？　ああ、上等じゃねえか、縁を切ってやらァ！　だが、俺ャ、犬や猫じゃねえ……。それならそれで落とし前《めえ》をつけてもらおうじゃねえか！　気に食わなくとも、おめえの血を分けた息子なんだからよ、と喚《わめ》き散らしてね……。結句、金を出せということだったのよ。勿論、親父は突っぱねた。すると、カッとなった勝彦が親父を殴《なぐ》ろうと腕を振り上げ、それを見たお袋が慌てて勝彦の腕にしがみつき、引き離そうとしてね……」

幸右衛門はそこまで言うと項垂《うなだ》れ、わなわなと肩を顫わせた。

「…………」

おりきはなんと言葉をかけてよいのか解らなかった。

が、放ってはおけない。

「吉野屋さま……」

おりきは幸右衛門の傍まで躙《にじ》り寄ると、そっと肩に手をかけた。

幸右衛門は苦渋《くじゆう》に満ちた目を上げ、ああ、済まない……、と呟《つぶや》いた。

「あれは事故だったのだ……。あたしもその場にいたから、勝彦に殺意《さつい》があったとは思わない。だが、親父やあたしは、いや、ことにあたしは、勝彦が許せなくてよ……」

幸右衛門が苦々《にがにが》しそうに言う。

殺意とは……。

あっと、おりきは息を呑んだ。

幸右衛門がおりきを瞠め、辛そうに頷く。

「勝彦はお袋の手を払おうとしただけなのだ……。だが、体勢《たいせい》を崩したお袋が蹌踉《よろ》めき、倒れた瞬間、長火鉢の角に強《したた》かにこめかみを打ちつけてよ……。本当に一瞬のことで、暫くは全員が茫然《ぼうぜん》と突っ立ったままで、お袋が事切《ことき》れているのに気づかなかった……」

ああ……、とおりきは目を閉じた。

そんなことがあったとは……。

「以来、勝彦には逢っていない。お袋の死後、親父は魂《たましい》を抜かれたかのようになって……。それで、あたしが身代《しんだい》を引き継《つ》ぐことになったのだが、それから二年後、親父もこの世を去ってね……。ところが、その頃になって、あたしの中に憤怒《ふんぬ》が湧《わ》き起こってきてね。あれほど勝彦のことを愛《いと》しく思い大切に育ててきたというのに、何ゆえ、お袋が殺されなければならなかったのか……。いや、勝彦は殺そうと思ってお袋を殺したのではない。それは解っている……。だが、あたしから見れば、やはり、お袋は勝彦に殺されたのだと思えてね。憎《にく》くて憎くて、いっそあのとき奉行所に突き出してやればよかったとか、この手であいつを絞め殺してやればよかったと思って……。そんなとき、この立場茶屋おりきを知ってね。たまたま京の仲間が連れて来てくれたのが契機なのだが、何故《なぜ》かしら、ここに来ると、荒《すさ》んだあたしの心が和《なご》むような気がしてね。まるで、我が家に戻ったような気持になれた……。先代の女将がどこかしらお袋を彷彿《ほうふつ》とさせる女《ひと》だったからかもしれない。それに、先代の女将が口癖《くちぐせ》のように言っていた言葉が、人を祈らば穴二つ……。人を呪《のろ》って殺そうとする者は、自分の墓穴《ぼけつ》も必要になるという意味だと教えられてね。その言葉に、どんなに救われたことか……。勝彦を恨《うら》んではならない。あたしが苦しい以上に、あいつは消そうにも消せない呵責《かしゃく》に苛《さいな》まれ、あたしよりもっと苦しいのだろうから……、とそんなふうに思えてきてね。何を隠そう、そう思うことで、あたし自身が楽になれたのだよ」

おりきが頷く。

「そうでしたか……。先代女将がねえ……。わたくしにも覚えがありますが、先代のその言葉にどんなに救われたことでしょう」

おりきは過去を振り返るかのように、長押《なげし》に目を彷徨《さまよ》わせた。

瀬戸内《せとうち》の小藩で柔術指南《じゆうじゆつしなん》をしていた父親《てておや》に死なれ、当時、立木《たちき》雪乃《ゆきの》と名乗っていたおりきが秘《ひそ》かに慕《した》っていた男にも他の女ごと無理心中をされ、半ば自暴自棄《じぼうじき》になって国許《くにもと》を離れたおりきは、放浪《ほうろう》の果て、力尽きてこの品川の海に身を投《とう》じようとしたそのとき、生命《いのち》を粗末《そまつ》にするものではない、人は情《なさけ》の器物《うつわもの》、生きていれば必ずやよいこともある、と引き留《と》め救ってくれたのが、先代おりき……。

そのとき先代から言われた言葉が、人を祈らば穴二つ……。

人を恨んではならない。物事はなるべくしてなったのだから……。

おりきは藤田《ふじた》竜也《たつや》も、竜也の生命《いのち》を奪《うば》った女ごも許そうと思った。

すると、不思議なことに、それまでがんじがらめになっていた肩が、すっと軽くなったような気がしたのである。

おりきのその辺りの事情を知っている幸右衛門は、ふっと目許を弛めた。

「そうだったな……。先代がおまえさんを助け、こうして立場茶屋おりきに導《みちび》いてくれたからこそ、あたしはおまえさんに出逢《であ》えた……。先代にはどんなに感謝してもし尽《つ》くせないほどだよ。おまえさんの代になってから、あたしはここに来る愉《たの》しみが増えたのだからね」

「そう言っていただけると、わたくしも嬉しゅうございます。では、勝彦さんのことはもうすっかり？」

「ああ、忘れようと努《つと》めた。と言うか、すっかり忘れてしまっていたんだよ。ところが、三月《みつき》ほど前に、江戸で勝彦を見たという者がいてね……」

おりきの胸がきやりと高鳴る。

それで、幸右衛門は傍目《はため》にも憂愁《ゆうしゅう》の色を露わにしていたのであろう。

「あたしの中で消し去ったつもりでいた勝彦の存在が、またもや、頭を擡《もた》げてきてね。いや、誤解をしないでもらいたい。恨みではないのだからよ……。寧《むし》ろ、この三十年というもの、あいつがどんな来《こ》し方《かた》をしてきたのかと思うと、切なくてよ……。これが血の繋がりというものなのか、気懸かりでならなくなってね。と言うのも、勝彦を見たという男の話では、あいつ、道楽寺和尚《どうらくじおしょう》の形《なり》をして、浅草《あさくさ》の街を彷徨い、物乞《ものご》いをしていたそうな……」

幸右衛門が辛そうに太息《ふといき》を吐く。

道楽寺和尚の形……。

おりきも眉根を寄せた。

道楽寺和尚とは、正確には道楽寺和尚の阿房陀羅経読《あほだらきようよ》みといって、僧衣《そうい》を纏《まと》い、手にした木魚《もくぎよ》を叩《たた》きながら各戸を廻り、ジャカボコ、ジャカボコと駄洒落《だじやれ》や時世《じせい》への皮肉を交えた奇妙《きみよう》きてれつな文句を唱《とな》え、賽銭《さいせん》を募《つの》る。

一説によると、これは道楽の限りを尽くし身代を食いつぶした者が、他人《ひと》の情けに縋り生きていく術《すべ》のひとつだという。

年の瀬の風物詩《ふうぶつし》の節季候《せきぞろ》や虚無僧《こむそう》、物まね猫八《ねこはち》もその類《たぐい》で、人々は門口《かどぐち》で煩《うるさ》くされるのが煩《わずら》わしいものだから、小銭を与えて追い払ったのである。

「あたしは勝彦が落ちるところまで落ちたのかと思うと、居たたまれない想いで……。実は、あたしが吉野屋を継いでから、一度だけ、勝彦が訪ねて来たことがあってね。あたしが四十路になったばかりの頃だったので、そう、二十年ほど前のことなんだがね。番頭から勝彦が訪ねて来たが如何《いかが》したものだろうかと訊かれ、咄嗟《とつさ》に金の無心《むしん》だと判断したあたしは、追い払うように言いつけたんだよ。そのときは、追い払うことになんら躊躇《ためら》いはなかった……、親父が生きていたとしても当然そうするだろうし、ひとたび甘い顔を見せると、ああいった男は方図《ほうず》がない（際限《さいげん》がない）と思ってね……。だが、現在《いま》考えてみれば、あのとき逢って話を聞いてやっていれば、勝彦にもまた別の身の有りつきがあったのではなかろうかと……。ああ、あたしはなんて冷酷《れいこく》な、血も涙もない男なのだろうか……。おりきさん、おまえさんなら、決してそんなことはしなかっただろうね？」

幸右衛門に見据《みす》えられ、おりきは目の遣《や》り場に困った。

恐らく、自分なら追い払うことはしなかったであろう。

金を与えるかどうかは別としても、逢って話を聞き、そのうえで、どうするべきか判断したに違いない。

だが、幸右衛門の立場ともなれば、そうそうことは単純に済まないだろう。

「………」

おりきは言葉を失った。

幸右衛門が深々と息を吐く。

「あたしはなんて度量《どりよう》のない男だろうか……。吉野屋を護《まも》るためとはいえ、血を分けた弟を切り捨ててしまったのだからね。そう思うと、ろくすっぽうものが喉《のど》を通らなくなり、眠っていても魘《うな》されることがしばしば……。それで、腹を決めたんだよ。勝彦を捜《さが》し出そう。逢って、ひと言詫《わ》びを言わなければ、死ぬに死にきれないと……」

「では、此度の江戸行きは勝彦さんを捜しに……」

幸右衛門が蕗味噌《ふきみそ》を嘗《な》めたような顔をする。

「だが、この広い江戸で捜し出すのは、砂浜で針を捜すにも等《ひと》しい……。唯一《ゆいいつ》の手掛かりが、大道芸人の集まる場所にいる可能性が大ということで、実は、勝彦の顔を知った店衆を江戸に先乗りさせ、浅草、両国《りょうごく》、深川と探《さぐ》らせているんだよ。とは言え、見つけ出せるのはいつのことやら……。だが、これは老《お》い先短いあたしに課《か》せられた、最後の課題だと思えてね」

「では、勝彦さんを見つけ出すまで、京にお戻りにならないと？」

「そういうことだ……。だが、おりきさんに打ち明けて、少し胸の支《つか》えが下りたような気がしますぞ！　やっぱり、おまえさんは如来《にょらい》さまだ……。なんだか、さしてときをおかずに逢えそうな気がしてきたからよ」

幸右衛門がおりきを瞠め、ふっと笑みを見せる。

「わたくしも一日も早く吉野屋さまが勝彦さんを見つけ出せるよう、毎日、神仏に、いえ、先代の仏前に祈りましょうぞ！」

「ああ、そうしておくれ」

「吉野屋さま、焙《ほう》じ茶はいかがですか？」

「ああ、貰おうか」

おりきが次の間に用意された長火鉢の傍に寄って行く。

「おまえさんに打ち明けたせいか、なんだか、今宵は熟睡《じゅくすい》できそうな気がするよ」

おりきがこの部屋に来たばかりの頃に比べ、幸右衛門の声には微塵《みじん》も翳《かげ》りがなかった。

恐らく、おりきに胸の内をさらけ出すことで、壁をひとつ乗り越えられたのであろう。


翌朝、幸右衛門は江戸に向けて出立《しゅったつ》した。

街道まで見送りに出たおりきと達吉は、四ツ手（駕籠《かご》）の後棒《あとぼう》の背が小さくなるのを見届け、どちらからともなく顔を見合わせた。

「今朝の吉野屋の旦那、来たときと違って、見違《みちげ》ェるほど元気を取り戻しておられやしたね……。朝粥膳《あさがゆぜん》を運んで行ったおみのが驚いてやしたぜ。小鉢料理《こばちりょうり》も粥も、何ひとつ余すことなく平らげて下さったって……。夕《ゆん》べの旦那を思えば、まるで別人だ！

女将さん、お薄を点てに上がって行かれて浜木綿の間で随分と長く話し込んでおられたようだが、またまた、女将さん特有の魔法《まほう》をかけたんじゃねえでしょうな?」

達吉がちょっくら返す。

「魔法をかけただなんて……。ほんの少し世間話をしただけですよ」

おりきが空惚《そらとぼ》けてみせる。

幸右衛門から聞いたことを誰にも話すつもりはなかった。

「ほんの少し世間話をねえ……。へえェ、さいですか!　どうせ、あっしは蚊帳《かや》の外……。いや、別に僻《ひが》んで言ってるわけじゃねえから気にしねえで下せえ」

達吉が不貞《ふて》たように言う。

おりきはぷっと噴《ふ》き出した。

達吉のこの仕種《しぐさ》……。

これが、どうして僻んでいないといえようか!

おりきと達吉は旅籠に戻ろうと通路を歩いていた。

すると、中庭まで抜けたところで、茶屋のほうから茶屋番頭の甚助《じんすけ》が駆け出して来た。

「ああ、女将さん、丁度よかった!　今、茶屋におよねを訪ねて男が……」

甚助が茶屋を指差す。

「およねを訪ねて？」

思わず、おりきの心《しん》の臓《ぞう》が腓返《こむらがえ》った。

「甚助、その男《ひと》はなんと名乗りました？」

甚助が目をまじくじさせる。

「なんと名乗ったかって……。いや、名前《なめえ》は言わなかったが……」

「甚助、この藤四郎《とうしろう》が！　女将さんに知らせる前《めえ》に名前《なめえ》を訊くのが筋だろうが！　おめえ、茶屋番頭なんだぜ。おめえがしっかりしなけりゃ、茶屋衆《ちややし》に示《しめ》しがつかねえじゃねえか！」

達吉に鳴り立てられ、甚助が気の毒なほどに潮垂《しおた》れる。

「甚助、その男《ひと》は幾《いく》つくらいでしたか？」

おりきが訊ねると、甚助はやっと顔を上げ、二十八、九かな？　と首を傾げた。

およねの息子福治《ふくじ》が父親《てておや》の形見《かたみ》の柳刃包丁《やなぎばぼうちょう》を届けに来たのが四年前のことで、確か、あのとき対応した茶立女たちが福治のことを二十四、五と言っていたので、年恰好《としかっこう》から見て、ではやはり、その男は福治……。

およねが病《やまい》に倒れ、急遽《きゅうきょ》、亀蔵親分に頼んで冬木町《ふゆきちょう》の増吉《ますきち》親分に深川界隈を探ってもらったが、福治は父親《てておや》の死後深川を離れたとかで、結句、行方《ゆくえ》が判らずじまいだったのだが、では、福治はどこかでおよねが死んだことを聞き、それで母の最期《さいご》を確かめようと訪ねて来たのであろうか……。

瞬時《しゅんじ》に、そんな想いがおりきの脳裡《のうり》を駆け巡《めぐ》る。

「甚助、その男《ひと》を帳場に通して下さいな」

おりきがそう言うと、達吉は慌てた。

「えっ、いいんでやすか？　その男が誰か確かめもしねえで、そんなことして……」

「きっと、およねの息子、福治さんですよ。福治さんでないとしても、わざわざおよねを訪ねてみえたのです。無下《むげ》に追い返すわけにはいかないでしょう。いいから、そうして下さいな」

「へい」

甚助が茶屋に戻って行く。

達吉が呆《あき》れ返ったようにおりきを見る。

「まったく、女将さんの物好《ものず》きには……」

「開いた口が塞《ふさ》がらないとでも言いたいのでしょう？　けれども、わたくしに言わせれば、何故、おまえにその男《ひと》がおよねの息子と思えないかということで、そのほうが不思議です」

「けど、福治って男は四年前《めえ》に訪ねて来たが、名前《なめえ》を名乗らず他の茶立女に柳刃を託《たく》し、姿を消したような奴ですぜ？　そんな男が、今さら、およねを訪ねて来るとは思えねえからよ」

「あのときは、幼い頃に自分を捨てた母親を遠目《とおめ》に見ることで胸に折り合いをつけたのでしょうよ。けれども、その母が亡くなったと知ったら……。墓があるのなら墓に詣《まい》りたいと思うでしょうし、どんな死に方をしたのか訊きたいとも思うでしょうよ」

「けど、その男、およねを訪ねて来たと言ったんでやしょ？　てこたァ、およねが生きていると思ってのこと……。妙じゃありやせんか！」

「………」

達吉にそう言われると、おりきには返す言葉がなかった。

では、福治でないとして、一体誰が……。

が、おりきは戸惑《とまど》いを隠すかのように、きっぱりと言い切った。

「誰であれ、およねを訪ねて見えたのです。ならば、位牌《いはい》を前にして、きちんとおよねが亡くなったことを伝えなければなりません」

達吉はやれやれといった顔をすると、おりきの後に続き帳場に入った。

暫くして、末吉に導かれてその男はやって来た。

歳の頃は、三十路《みそじ》前……。

端正《たんせい》な面差《おもざ》しで、涼《すず》やかな目をしている。

「福治と申しやす」

男はぺこりと頭を下げた。

やはり、およねの息子、福治……。

おりきの胸が熱いもので一杯になった。

「まあ、おまえさまが……。ええ、ええ、話には聞いていましたよ。そう言えば、目許のあたりがおよねに似ているような……。ねっ、大番頭さん、そう思いませんこと？」

達吉も目をまじくじさせている。

どうやら、まさか本当に福治が訪ねて来るとは思っていなかったようである。

「ああ、そう言ャ、およねの目だ……」

達吉は感極まったのか、目に涙を湛えている。

「突然訪ねて来て申し訳ありやせん。実は、半月ほど前《めえ》に久し振りに深川に戻ってみたところ、冬木町の親分があっしのことを捜していたというではありやせんか……。

あっしは別にお上《かみ》に睨《にら》まれるようなことをした覚えがねえもんだから、何ゆえ親分があっしの行方を捜していたのか気にかかり、あっしのほうから親分を訪ねてみたんですよ。そしたら、あの女《ひと》が、いえ、およねさんが病に倒れ、それも決して予断《よだん》の許されねえ状態とかで、立場茶屋おりきの女将さんがなんとしてでも生命《いのち》のあるうちにひと目あっしに逢わせてエと言っていなさると……。あっしは迷いやした。確かに、あの女《ひと》はあっしを産んだ女ごかもしれねえ……。けど、まだ三歳という頑是ねえあっしを捨て、他の男に走った女ごなんだ！　あれからどんなにおとっつァんが苦労したことか……。それなのに終《つい》しか、おとっつァんは後添《のちぞ》いを貰おうともせず、雇人《やといど》（臨時雇い）としてあちこちの見世を転々とし、あっしを育ててくれたんだ。おとっつァんは子供のあっしから見ても腕のよい板前だった……。聞いた話じゃ、若ェ頃《わけ》は深川の梅本《うめもと》で板脇《いたわき》を務めていたそうで、それが流しの板前に身を落としたのは、何もかも、あの女ごのせい……。あんな女ごに引っかからなければ、おとっつァんはいずれ花板《はないた》として名前《なめえ》を轟《とど》かせていたかもしれねえというのに、あの女ごのせいで……。しかも、そんな想いをしてまであの女ごと一緒になったというのに、他に好きな男が出来たからといって、あっさり亭主や子を捨てたのだからよ！　それなのに、終生《しゅうせい》、おとっつァんは恨み言を言わなかった……。それどころか、今際《いまわ》の際《きわ》に、自分が死んだら、生命《いのち》の次に大切《てえせつ》に思っていた柳刃をおめえの手で品川宿門前町《しながわしゆくもんぜんちよう》の立場茶屋おりきの茶立女およねに届けてくれ、決して他の者に託すんじゃねえ、必ず、おめえの手で届けるのだ、と切々《せつせつ》とした目をして言いやしてね……。それまで、おとっつァんの口からおよねという名が出ることがなかったもんだから、あっしはその女ごが品川宿にいるということも知っちゃいなかったが、おとっつァんの目を見て、その女ごがあっしのおっかさんなんだなって思いやした……。おとっつァんにとって、生命《いのち》の次に大切《てえせつ》なのは、息子のあっしと堺英心斎《さかいえいしんさい》の手になる柳刃……。おとっつァんはあっしに柳刃を届けさせることで、あの女ごに自分の想いを伝えようとしたんじゃなかろうか、とそう思いやした。おとっつァんはあの女ごに息子の姿を見せたかったのかもしれねえ……。そう思い、四年前《めえ》、あっしは柳刃を手に茶屋を訪ねてみやした。ところが、どうしても、あの女ごに直接手渡すことが出来なかった……。客として茶屋に坐りあの女ごの働く姿を遠目に眺《なが》め、あれがおとっつァんやあっしを捨てた女ごなのだと、何度も何度も自分に言い聞かせやした。憎いとか恨めしいといった気持じゃなく、なんか不思議な気持でやした。頭に描《えが》いていたのは、亭主や子を捨て他の男に走った御助《おすけ》（好色女《こうしよくおんな》）だったのに、あの女ごはごく普通のどこにでもいるような女ごだった……。

しかも、茶立女の中では頭的《かしらてき》な存在のようで、てきぱきと他の女ごに指示を与えているその姿を見ると、あっしにゃ、もう何も言えなくなっちまって……。それで、他の茶立女に柳刃を託し、逃げるようにして見世を後にしやした……。あっしはもうそれでいいと思ってやした。今さら、母子の名乗りを挙げても、失った二十余年は戻っちゃこねえ……。なら、これまで通り、あっしにゃ母親はいねえと思っていたほうがいいと思って……」

福治が唇を噛み、上目《うわめ》におりきを窺う。

「ところが、冬木町の親分からおよねがもうあまり永くはねえと聞き、気が変わったというんだな？　生憎《あいにく》だったな、福治。ひと足遅かったぜ。死んじまったぜ、およねは……」

達吉が苦々しそうに言うと、福治はえっと驚いたように顔を上げた。

「やっぱり……。茶屋にあの女《ひと》の姿がなかったんで嫌《いや》な予感がしてたんだが、どこかで臥《ふ》しているんだろうと……。それで、いつ？　いつ、あの女《ひと》は……」

「四月の末です。最初《はじめ》の発作《ほっさ》を見て、僅か二日後、自分ではもう治《なお》ったと思い診療所から戻ってきて、周囲《まわり》が止めるのも聞かずに仕事に戻り、気づくと、厠《かわや》に倒れていましたの……。皆が駆けつけたときには既に息はなく、およねは誰にも看取《みと》られることなく、ひっそりと果てていきました……」

おりきが声を顫わせる。

福治は蒼白《そうはく》な顔をして、無念《むねん》そうに目を閉じた。

おりきは立ち上がり、仏壇の蠟燭《ろうそく》に火を点《つ》け線香を供えると、福治を振り返った。

「これが、およねの位牌です。さっ、お詣りして上げて下さいな」

「これがあの女《ひと》の……」

福治が怖ず怖ずと仏壇の前に寄って来る。

そうして、促されるままに線香に火を点け、手を合わせた。

おりきと達吉が、食い入るように福治の背を瞠める。

福治の背が小刻《こきざ》みに揺《ゆ》れた。

随分と長いお詣りである。

「女将さん、あの女《ひと》、幸せだったのだろうか……」

福治が背を向けたまま呟く。

「幸せでしたとも！　過去の苦《にが》い思い出は別として、少なくとも、ここに来てからのおよねは幸せだったと思います。およねはいつも、茶立女は自分の天職《てんしょく》、お客さまの悦んだ顔を見るのが何より嬉しい、と言っていましたからね。それで、およねは最後の最後まで遽《あわただ》しさの中に身を置き、お客さまの笑顔を胸に焼きつけて、果てていくことを望んだのでしょう。およねの死に顔は穏《おだ》やかで、いかにも満足げでしたよ……」

福治が振り返り、すとんと畳に膝《ひざ》をつく。

「あっしのことは、何か……」

福治がおりきに目を据える。

おりきは首を振った。

「死ぬ間際《まぎわ》にというのであれば、何も言いませんでした。と言うか、何もかもが突然のことで、本人にも、死への覚悟が出来ていなかったでしょうからね。けれども、おまえさまのことは常におよねの心の中にありましたよ。実はね、四年前のことですが、福治さんが茶立女に柳刃を託し、何も告げずに姿を消してしまったとき、およねは柳刃をひと目見て息子が父親《てておや》の形見を持って訪ねて来たのだと察し、おまえさまの後を追いかけたのですよ。結句、見つけることが出来ずに戻って来たのですが、そのとき初めて、およねがわたくしたちにここに来るまでのことを打ち明けましてね。おまえさまはおよねが他に好いた男が出来たから自分たちを捨てたと言いましたね？　それは誰から聞いたのですか？　お父さまですか？」

いやっと、福治が首を振る。

「おとっつァんは何も言わねえ……。けど、おとっつァんが何も言わねえ代わりに、祖母《ばあ》さんが念仏《ねんぶつ》でも唱えるかのように、毎日、あっしにあの女《ひと》の悪口を言い聞かせてやしたからね……。おまえのおっかさんは酷《ひど》い女ごだ、あんな性悪女《しょうわるおんな》に引っかかったばかりに、おまえのおとっつァんは深川松井町《まついちょう》の小料理屋の婿《むこ》になる話が破談《はだん》になり、しかも、奉公人同士のびり出入りを禁じた梅本の逆鱗《げきりん》に触れ、以来、どこも正式に雇ってくれずに流しの板前に甘んじなければならなくなったのだ、それなのに、そんな想いをしてまで連れ添ってやった恩を忘れ、あのあばずれ女は亭主や子を捨て、他の男の許《もと》に走ったのだ……、と。それはもう、耳に胼胝《たこ》が出来るほど、毎日毎日……」

「福治さん、それは違いますよ。許婚《いいなずけ》がいるのを隠しておよねに近づいたのは、矢吉《やきち》さん……、おまえさんのお父さまなのです。およねはそんなこととは露知らず、気づいたときには既に福治さんがお腹にいた……。そのことで、梅本から怒りを買い、小料理屋の婿になる話も流れてしまいましたが、慕い合っていた二人にはなんら支障《ししょう》はなかったのです。おまえさまが生まれ、倹《つま》しい生活《たつき》ながらも幸せに暮らしていたそうですのでね……。その幸せを毀《こわ》したのが、その頃同居することになった矢吉さんのお母さまなのです。そう、おまえさまのお祖母《ばば》さまなのですが、それは目も当てられないほどの嫁いびりだったとか……。間に入った矢吉さんも堪らなかったのでしょうね。それで、矢吉さんまでがお酒を飲んではおよねに辛く当たるようになり、遂に、辛抱《しんぼう》しきれなくなったおよねは裏店《うらだな》を飛び出してしまったのですよ。おまえさまを連れて出る手もあったでしょう。けれども、頑是ない子を抱えていたのでは、立行《たちいき》していくのもままならない。それより、父親《てておや》の許に残していくほうが食うに事欠《ことか》かない……。それに、自分さえいなくなれば、姑《しゅうとめ》にはおまえさまは血を分けた孫なのだから可愛がってくれるのではなかろうか……。およねはね、そう苦渋《くじゅう》の決断をしたのですよ。腹を痛めた子が可愛くない親があろうはずもありません。それからというもの、毎日、およねは福治はどうしているだろうか、病に臥しているのではなかろうかと案じていたといいますからね。他に好きな男《ひと》が出来たというのも、女ご一人で身過ぎ世過ぎしていると、支えになってくれる男が欲《ほ》しくもなるし、つい頼りたくもなってしまいます。およねを責めてはなりません。気丈《きじょう》に見えても、およねも女ご……。わたくしにもその気持が痛いほどに解りますからね」

福治は項垂れたまま耳を傾けていたが、ぽつりと呟いた。

「けど、それなら、祖母《ばあ》さんが死んでおとっつァんがあの女《ひと》を迎えに行ったとき、何故、けんもほろろに追い返《けえ》すようなことをしたんだろうか……。あのとき、おとっつァんは言ったんだ。福治、待ってなよ、おっかさんを連れて帰《けえ》って来るからよ、おっかさんを苛《いじ》めた祖母《ばあ》さんはもういねえ、きっと悦んで帰《けえ》って来てくれるだろうからよって……。けど、おとっつァんはたった一人で打ち拉《ひし》がれて戻って来た……。あっしにゃ詳《くわ》しいことまで解らなかったが、子供心にも、おっかさんはもう二度と戻って来ねえんだなって、そう思ったからよ」

確かに、おりきもそんなことがあったと聞いている。

が、それはおよねが助次《すけじ》という研師《とぎし》に出逢い、幸せを摑みかけたばかりの頃のことで、しかも、その幸せは永くは続かなかったのである。

一年後、助次が心の臓の発作で急死するや、囲《かこ》われ者だったおよねは本妻に何もかもを奪われ、身すがら叩き出されてしまったという。

行き場を失ったおよねは、二度と後戻りしないと胸に誓った大川を渡り、矢吉に頭を下げた。

が、矢吉は頑としておよねを受け入れようとしなかった。

「おめえは亭主や腹を痛めた我が子より、女房持ちの男を選んだ女ごじゃねえか、そんな女ごに福治の母親面《づら》をされて堪るもんか！」

矢吉はそう言い、敷居を跨ぐことを許さなかったという。

矢吉が迎えに来たときにはおよねに事情があり、およねが矢吉を頼ったときには、今さら母親面をされてなるものかと突っぱねられ……。

どこかで歯車が食い違ってしまったのである。

その後、およねは先代女将おりきに拾われ、立場茶屋おりきで二十五年の永きに亘《わた》り茶立女を務め、この春、茶立女の矜持《きょうじ》に充《み》ち満ちた顔をして、五十路《いそじ》半ばで果てていったのだった。

だが、心の底では、いつも矢吉や福治に手を合わせていただろうし、矢吉もまた、生涯、およねを愛しい女房と思っていたのであろう。

それが証拠に、矢吉は自分の死後およねに柳刃を届けてくれと福治に言い残したではないか……。

本木《もとき》に勝《まさ》る末木《うらき》なし……。

矢吉は福治に柳刃を託すことで、おまえを許した、おまえは俺の生涯の女房……、とおよねに伝えたかったに違いない。

愛しい女ごだからこそ、他の男に走っても心の中では許し、許してはいても意地張ってしまう……。

そのことを知ったおよねは、矢吉の墓に詣ろうと思った。

が、花見客にひと段落《だんらく》がつき、久々に深川に出向いていったおよねは、おりきが一日とは言わず二日でも三日でもいいから福治と母子《おやこ》の積もる話をしておいでと言ったのにもかかわらず、その日のうちに戻って来たのだった。

おりきは福治の顔を真《ま》っ直《す》ぐに見ると、

「矢吉さんとおよねの間で齟齬《そご》が生《しょう》じ、それが元で歯車が合わなくなってしまったのでしょうね」

と言った。

福治がとほんとした顔をしている。

「おまえさま、四年前、柳刃を受け取ったおよねが矢吉さんの死を知り、墓に詣ろうと深川に行ったことを知っていますか？」

おりきがそう言うと、福治は驚いたように目を瞠《みは》った。

「やはり、知らなかったようですね。およねはわたくしが久し振りの深川でもあるし、福治さんに逢って、失われた母子《おやこ》のときを取り戻していらっしゃいと勧めたのにもかかわらず、その日のうちに戻って来ましてね……。福治さんの居場所は判ったのかというわたくしの問いにも、いえ、判りませんでした、とひと言答えただけで、それ以上何も話そうとしませんでした。おまえさま、深川を離れていたのですってね？」

福治が頷く。

「おとっつァんに死なれてみると、たった一人、深川に身を置くことが辛くなっちま

って……。おとっつァんは流しの板前として深川、本所《ほんじょ》界隈のあちこちを転々として
いたもんだから、どっちを向いても、おとっつァんの思い出が詰まっているようで
……。あっしは本当の意味で、これからは一人歩きしなくちゃならねえ……。幸い、
十八の頃からおとっつァんの下につき包丁捌《ほうちょうさば》きを教わっていたもんだから、自分を試
すつもりで浅草で流しをやってやしたんで……」
「そうですか。おまえさまも板前にね……。それで、四年ぶりに深川に戻り、およね
が病に臥していることを知ったわけなのですね」
「女将さん……」
福治が縋るような目でおりきを見る。
「四年前《めえ》、あっしがあの女《ひと》に息子だと名乗っていたら、あの女《ひと》、少しは悦んでくれた
だろうか……」
「悦ぶに決まっているでしょうが！　事情があったにせよ三歳のおまえさまを捨てた
ことには違いなく、およねは矢吉さんの墓に詣るというより、おまえさまの居場所を
突き止めて詫びを言いたい、母として某《なにがし》かでもおまえさまの力になってやりたいと、
そんな想いで深川に出掛けて行ったのですからね……。ところが、これはおよねの死
後に判ったことなのですが、あのとき、およねは行く先々で、亭主や子を捨て女房持

ちの男に走ったあばずれ女、と白い目で見られ、口も利いてもらえなかったそうなのですよ。冬木町の親分の話では、どうやら、お姑さんが周囲《まわり》の者にあることないことおよねの悪口を言い触らして歩いていたそうで、それぱかりか、矢吉さんが流しで廻った見世まで訪ね歩き、悪口を言い触らしていたそうです……。それで、爪弾《つまはじ》きされた恰好となったおよねは、これ以上深川を捜し歩いてもおまえさまの行方を突き止めることは無理と諦めたのでしょうよ……。おまえさまにそのときのおよねの気持が解りますか？　恐らく、胸を搔き毟《むし》られるような思いだったのではないかと思います」

「糞《くそ》ォ！　祖母《ばあ》さんがそんなことを……。あっしはそんなこととは露知らず、それであの女《ひと》が許せなかったというのに……」

福治が悔《くや》しそうに掌《てのひら》を握り締める。

おりきは福治に険《けわ》しい目を向けた。

「福治さん、これまで黙って聞いていましたが、おまえさま、何故、およねのことをおっかさんと呼ばないのですか？　あの女《ひと》はないでしょうが！　いくら気に染《そ》まないことがあったといっても、およねはおまえさまがこの世でたった一人おっかさんと呼《よ》べる女《ひと》……。わたくしはおまえさまがおよねのことをあの女《ひと》と呼ぶ度《たび》に、身の毛が弥立《だ》つ想いになりました」

おりきが声を荒らげると、達吉も相槌《あいづち》を打つ。

「よくぞ言って下さった！　実は、あっしもぎりぎりしてやしてね。あの女《ひと》はまだしも、あの女ごときた日にゃ、こいつの頭をぶん殴ってやろうかと思いやしたからね」

福治は畳に両手をつき、ワッと声を上げて泣き出した。

「あっしだって、どれだけ、おっかさんと呼びたかったか……。済まねえ、おっかさん……。心の中じゃ、いっつも、おっかさん、おっかさん、と呼びかけてたんだ……。けど、口に出して言おうとすると、喉元《のどもと》で声が引っかかっちまって……。おっかさん、ああ、おっかさん……。こうして声に出して呼んでも、おっかさんはもう手の届かねえところに行っちまったんだ……。あっしが意地を張らずに、あのとき声をかけてたら……。そう思うと、悔しくて堪らねえ……」

福治は泣き叫びながら、畳をドンドンと叩いた。

おりきが福治の傍に寄って行き、そっと肩に手をかける。

「もういいのですよ。およねにもきっと福治さんの声は届いたと思います。さっ、顔をお上げなさい」

おりきはそう言うと、福治に手拭《てぬぐい》を手渡した。

福治がうんうんと頷き、涙を拭う。

「およねが倒れたことを知り、今日こうして訪ねて来て下さったのですもの、きっと、およねにも想いは伝わっていますよ。そろそろ昼餉《ひるげ》の時刻です。旅籠《はたご》衆の賄《まかな》いですが、一緒に食べませんこと？　そうですね、中食を済ませたら、一緒に妙国寺《みょうこくじ》の墓に詣りましょう」

「妙国寺……。おっかさんの墓がそこにあるんでやすか？」

「およねをここに迎え入れた先代の女将も、およねと親《した》しくしていた下足番の善助《ぜんすけ》も、ここに関《かか》わった人は皆、そこで眠っていますのでね……」

おりきがそう言うと、福治は改まったように威儀《いぎ》を正し、深々と頭を下げた。

「何から何まで有難うごぜえやす。おっかさんはここにいて、本当に幸せだったのだなと解りやした」

おりきが達吉と顔を見合わせ、頷き合う。

恐らく、およねが福治を呼び寄せたのであろう。

死して尚《なお》、およねは息子の行く末を案じ、こうしておりきに引き合わせてくれたのである。

何故かしら、おりきにはそう思えてならなかった。

「およねの息子福治が訪ねて来たんだって？」

亀蔵が継煙管《つぎきせる》に甲州《こうしゅう》（煙草《たばこ》）を詰めながら、ちらとおりきを流し見る。

「そうなんですよ。やはり、福治さんは深川を離れていたのですって……。それが四年ぶりに深川に戻ってみると、増吉親分が自分のことを捜していたというので、自《みずか》ら親分を訪ね、およねが病に倒れたことを知ったらしいのですよ」

おりきがお茶を淹れながら言う。

「病に倒れた？　じゃ、冬木町はおよねが亡くなったことを福治に伝えなかったってことなのか？」

亀蔵が訝しそうな顔をして、煙管に火を点け、長々と煙を吐《は》く。

「伝えていなかったのでしょうね。と言うか、増吉親分もご存知なかったのではないでしょうか……。親分、増吉親分におよねが亡くなったことを知らせました？」

おりきに言われ、亀蔵があれっ？　と首を傾げる。

「待てよ……。いや、俺が冬木町に福治の居場所を探ってくれと頼んだときには、およねはまだ素庵《そあん》さまの診療所にいた……。それから二日後におよねが亡くなったわけだが、福治が深川にはもういねえと知らせてきたのは下っ引きでよ……。俺ャ、そいつから四年前《めえ》およねが深川を訪ねたときに周囲《まわり》からけんもほろろにあしらわれたと聞き、あんまし怒髪天《どはってん》を衝いたもんだから、およねが死んだことを伝えるのをころりと忘れちまったような……。ああ、それで、冬木町はおよねがまだ病の床にいると思ったんだ！」

おりきがくすりと肩を揺らす。

「けれども、福治さんはおよねが臥していると聞き、わざわざ駆けつけてくれたのですよ。やはり、血は水よりも濃《こ》いということ……。恨み心よりも母子《おやこ》の情のほうが勝ったということですものね」

「ああ、そういうこった。叶うものなら、およねの目が黒《くれ》ェうちに母子《おやこ》の対面をさせてやりたかったな……。それで、福治はおっかさんが死んだと聞き、どんな反応をした？」

「案の定、福治さんはお祖母《ばあ》さまからおよねの悪口だけを聞かされてきたようでしてね。それに、矢吉さんは元来寡黙《かもく》な男《ひと》で、お祖母《ばあ》さまが亡くなってからもおよねのことを一切《いっさい》口にしなかったそうですの。それで、福治さんは多感《たかん》な年頃になるにつれ、自分や父親《てておや》を捨てた母親への憎しみが募った……。ところが、父親《てておや》が今際の際に福治さんに柳刃を託し、およねに届けるようにと遺言《ゆいごん》を残したことで、福治さんは矢吉さんの心の声を聞いたように思ったのでしょうね……。矢吉さんが心《しん》からおよねのことを恨んでいるのなら、決してそんなことはしませんからね……。その時点から、福治さんの中で、母親への想いがほんの少し変わってきたのだと思います。ところが、いざ柳刃を手に母親の姿を遠目に眺めてみると、直接手渡す勇気が萎《な》えてきて、結句、息子だと名乗らないまま逃げ出してしまったのでしょうね」

「それで、おめえは福治に本当のことを話してやったのかよ？　諸悪《しょあく》の根源《こんげん》は、姑にあったってことをよ……」

亀蔵が灰吹《はいふ》きにガンと雁首《がんくび》を打ちつける。

「ええ、話しましたとも……。福治さんね、目から鱗《うろこ》が落ちたような顔をしていましたわ。わたくしね、それを見て、ああ、福治さんも本当は母を慕っていたのだと思いましてね……。と言うのも、幼い頃からおよねへの讒言《ざんげん》しか耳にしてこなかった福治さんは、否《いや》が応《おう》でも母を恨まなければならなかった……。ところが、本当のおよねは悪《あ》し様《ざま》に言われるような女ごではなかった……。福治さん、安堵すると同時に、堪らなくおよねが恋しくなったのでしょうね。仏壇の前にひれ伏し、おっかさん、おっかさん、と何度も泣き叫びましてね……。わたくし、その姿を見ていると、切なくなってしまいました」

おりきが仏壇へと目をやる。

「そうけえ……。じゃ、およねもきっと悦んでいることだろうて……。福治に本当のことを解ってもらえたんだからよ」

亀蔵が太息を吐く。

「ええ。わたくしね、およねが福治さんをここに呼び寄せたような気がしてなりませんの。福治さんね、矢吉さんから板前修業の手解《てほど》きを受けていたそうでしてね。この四年、深川を離れていたのも、浅草界隈で流しの板前をやっていたからなのですって……。わたくしね、それを聞いて、早速《さっそく》、巳之吉に相談してみましたの。ここはおよねが人生の半分を過ごした場所、謂《い》わば故郷《ふるさと》であり、我が家……。なんとか福治さんを仲間の一人に迎えることが出来ないものだろうかと……」

ほう……、と亀蔵が身を乗り出す。

「それで、巳之吉はなんて……」

おりきが目を輝かせて頷く。

「包丁捌きや出汁の取り方を観察していたようですが、巳之吉が言うには、まだ荒削《あらけず》りだが、なんとかものになりそうだと……」

「そうけェ、そいつァ良かった！　じゃ、福治も立場茶屋おりきの板場に入《へえ》るってことなんだな」

「最初《はじめ》は追廻《おいまわし》からってことになるでしょうが、巳之吉の話では、筋がよいのですぐに焼方《やきかた》に上がれるだろうと……。ここにいれば、福治はおよねと一緒にいるようなものですものね。姿は見えずとも、およねはいつもわたくしたちと共にいる……。わたくしね、およねが息子の行く末を案じ、それでここに呼び寄せたような気がしてなりませんの。そう思うと、気の引き締まるような思いがします。だって、女将さん、福治のことを頼みましたよって、およねに託されたようなものですもの……」

亀蔵が指先で目尻を拭う。

どうやらこの頃うち、すっかり涙もろくなった亀蔵を泣かせてしまったようである。

亀蔵は照れ臭そうに、へへっと笑うと、

「ところで、福治はいつからここに？」

と訊ねた。

「一度深川に戻って身辺整理を済ませ、七夕《たなばた》明けにやって来るそうです。そうそう、深川の本誓寺《ほんせいじ》に眠る矢吉さんの墓を妙国寺に移せないものかどうか住持《じゅうじ》に相談してみると言っていましたわ」

「なんと……」

亀蔵が驚いたといった顔をする。

「およねと矢吉を一緒にしてやろうというんだな？　生きているときには離れ離れだった双親だが、草葉《くさば》の陰で仲良く過ごせってことか……。糞ォ……、福治の奴、心憎《こころにく》いことを……」

再び、亀蔵の芥子粒《けしつぶ》のような目に涙が溢《あふ》れる。

亀蔵は堪《こら》えきれなくなったのか、腰から手拭を引き抜くと顔を覆《おお》った。

おりきは仏壇へと目をやった。

先代おりき、善助、およねの位牌に供えた硝子小瓶《がらすこびん》の鈴蘭《すずらん》の花が目に留《と》まる。

今朝、多摩《たま》の花売り三郎《さぶろう》が、大山蓮華《おおやまれんげ》や山法師《やまぼうし》、螢袋《ほたるぶくろ》、夏椿《なつつばき》などと一緒に持ってきてくれたものだが、たった二輪《にりん》しかなく、おりきは迷わず仏壇に供えることにしたのだった。

鈴蘭はおよねが好きだと言った花の一つ……。

ふっと、およねの涼しげな目許が眼窩《がんか》を過ぎる。

続いて、福治の顔が……。

ああ、やはり、福治はおよねから目許を貰ったのだ……。

鈴蘭のことを君影草《きみかげそう》とも呼ぶが、福治を見れば、否が応でも、およねを思い出す。
現在《いま》もこれからも、およねはしっかと福治の目許に生きているのであるから……。

夕虹

まあ……、とおりきは心配そうに眉根《まゆね》を寄せ、亀蔵《かめぞう》親分の隣にちょこんと坐《すわ》った七歳ほどの女《おな》ごの子に目をやった。

亀蔵が困《こう》じ果てたように太息《ふといき》を吐《つ》くと、おりきに目を据《す》える。

「夕《ゆん》べは芝《しば》八丁目の自身番でひと晩預かったんだがよ。長五郎店《ちょうごろうだな》の大家の話じゃ、死んだ双親《ふたおや》には江戸に身寄りがねえというんでよ……。かと言って、この世知辛《せちがれ》ェご時世だ。この娘《こ》を引き取って面倒を見ようと名乗りを挙《あ》げる殊勝《しゅしょう》な者もいねえときた……。それで、ものは相談なんだが、この娘《こ》をあすなろ園で引き取ってもらうわけにはいかねえかと思ってよ」

亀蔵が気を兼ねたように、おりきを上目《うわめ》に窺《うかが》う。

「ええ、それは構いませんけど、お嬢《じょう》ちゃん、お名前は？」

おりきが女ごの子の顔を覗《のぞ》き込む。

女ごの子は唇を嚙《か》み締《し》め、俯《うつむ》いた。

亀蔵が蕗味噌《ふきみそ》を嘗《な》めたような顔をして、首を振る。

「こいつ、何を聞いても、ひと言も喋《しゃべ》ろうとしねえのよ。まっ、無理もねえさ……。親弟妹《おやきようでえ》が目の前で口から泡《あわ》を吹いて死んじまったんだからよ。こいつも親に勧《すす》められるままに大福餅《だいふくもち》を食ってたら、妹や弟同様に毒を食わされ今頃はお釈迦《しゃか》になっていたんだからよ……。検死《けんし》したお役人の話じゃ、こいつだけ大福を口に入れても飲み込まなかったとか……。思うに、子供心にも、薄々《うすうす》、親に無理心中を強《し》いられると気づいていたんだろうて……。こいつ、裏店《うらだな》の連中が異常に気づいて駆けつけたとき、井戸端に蹲《うずくま》り、水を飲んではゲェゲェと吐《は》いていたというからよ」

おりきの背に、冷たいものがさっと走る。

「可哀相《かえいそう》に……。五歳と三歳の子にはそんな芸当が出来ず、珍しくおとっつァんが土産《みやげ》だと持って帰《けえ》った大福餅に飛びついたってわけでよ……。結句、双親と弟妹《きようでえ》が七転八倒《しちてんばっとう》して死んでいくのを目の当《ま》たりにすることになっちまったんだから、こいつの衝撃はいかばかりのものだったか……。それっきり口を閉じてしまい、心ここにあらずって状態でよ。おお、そうよ……。こいつの名はおひろっていうそうだ。歳《とし》は八歳……。父親《ておや》は石見銀山《いわみぎんざん》の鼠取《ねずみと》りを売り歩いてたんだが、ここ数年、何を思ってか、変化《へんか》朝顔《あさがお》にのめり込んじまってよ……。仕事そっちのけで朝顔の育成に励《はげ》み、一時は品評会に出して賞を総なめにしたことがあったというんだが、何事にも金がかかる……。

虎造《とらぞう》というその男、かなりの借金を作っていたらしくてよ。おまけに、そこまで丹精《たんせい》を込めた変化朝顔が、この夏は一鉢《ひとはち》として咲かなかったそうでよ。そうなると、借りた金も返《けえ》せねえ……。奴《やっこ》さん、世を儚《はかな》んで、あろうことか商売《しょうべえ》ものの石見銀山を大福餅に仕込み、女房、子に食わせたってわけでよ……。道楽もそこまでいってはお終《しめ》ェよ!」

亀蔵は苦々《にがにが》しそうに吐き出すと、茶をぐびりと呷《あお》った。

おりきは胸が締めつけられるような想《おも》いで、気遣《きづか》わしそうにおひろを見た。

八歳にしては随分《ずいぶん》と小柄《こがら》で、寂《さみ》しげな面差《おもざ》しをしている。

可哀相《かわいそう》に、現在《いま》、この娘《こ》はどんな想いでいるのであろうか……。

「おひろちゃん、わたくしはこの旅籠《はたご》の女将《おかみ》で、おりきといいます。ここにはね、あすなろ園という身寄りを失った子供たちが暮らす家があるのですよ。そこには、おひろちゃんとあまり歳の違わない女ごの子もいますし、勿論《もちろん》、男の子もいます。仲間が出来るのですよ。それにね、貞乃《さだの》さまという寮母《りょうぼ》さまもいますし、榛名《はるな》さん、キヲさんといった子供たちの世話をしてくれる女《ひと》もいます。皆、優《やさ》しい女《ひと》たちなので、おひろちゃんも新《あら》たにおっかさんや兄妹《きょうだい》が出来たと思い、仲良く暮らしていきましょうね」

おりきがおひろに微笑《ほほえ》みかける。

おひろは俯いたままで顔を上げようともしなかった。

が、こんな場合、無理に言葉を引き出そうと焦《あせ》ってはならない。

ゆっくりと時をかけ、温かい目で見守ってやれば、子供というものはいつかは心を開いてくれるものである。

「解《わか》りましたわ。おひろちゃんをあすなろ園で迎え入れましょう。それで、朝餉《あさげ》は食べさせたのでしょうね？」

亀蔵は弱りきったように太息を吐いた。

「それがよ、自身番の店番《たなばん》が言うには、番太郎《ばんたろう》の女房が握《にぎ》り飯《めし》を作ってやったそうなんだが、手をつけようとしなかったというのよ。朝餉だけじゃねえ。夕《ゆん》べも何も口にしなかったというから、おてちん（お手上げ）なのよ……。おい、まさか、食わねえで餓死《がし》するつもりなんじゃ……。て、て、てんごうを！　死ぬ気でいるのなら、あのまま毒入り大福を食えばよかったんだ。おめえ、死ぬのが嫌《いや》で、大福を食わなかったんだろう？　だったら、食いたくなくとも、懸命《けんめい》に食うんだ！　人は食わなきゃ生きていけねえんだからよ」

「親分！」

おりきは慌てて亀蔵を制した。

「大丈夫ですよ。現在《いま》は食べることへの恐怖に駆《か》られているのでしょうが、あすなろ園で他の子供たちと一緒に食事を摂《と》るようになれば、警戒心も薄《うす》れるでしょうからね」

すると、そのとき、玄関側の障子《しょうじ》の外から声がかかった。

「親分、亀蔵親分はおいででやすか？」

どうやら、下っ引きの金太《きんた》のようである。

「おう、どうしてェ！」

亀蔵が野太《のぶと》い声を上げると、障子がするりと開いて、金太が顔を出した。

「ああ、良かった……。やっぱ、ここでやしたか。いえ、それがね、またもや大変《てえへん》な事態《じてえ》になりやして……」

金太が豆狸《まめだぬき》のような丸い目を瞬《しばたた》く。

「大変《てえへん》な事態《じてえ》とは？」

亀蔵がそう言うと、金太が背後を振り返り、おい、おめえ、こっちに来な！　と顎《あご》をしゃくる。

すると、七、八歳ほどの男の子が怖《お》ず怖ずと前に出て来た。

「金太、その子は……」

亀蔵が目をまじくじさせる。

「へえ、それが……」

「迷子《まいご》か？　迷子をここに連れて来てどうするってか！　近場《ちかば》の自身番に連れて行きな。親が捜《さが》しに来るかもしれねえんだからよ」

「ところが、親が捜しに来られねえもんで……」

「………」

亀蔵がとほんとした顔をする。

「とにかく、中にお入りなさい。坊《ぼう》、さっ、こっちにいらっしゃいな！」

おりきが身を乗り出し、男の子に手招きをする。

金太が男の子の背を押すようにして、帳場の中に入って来る。

男の子は長火鉢《ながひばち》の傍《そば》におひろが坐っているのを見て訝《いぶか》しそうな顔をしたが、おっかなびっくり寄って来ると、おひろの隣にすとんと腰を下ろした。

「それで、一体《いってえ》どうしたというのよ。ちゃんと筋だって話してみな」

亀蔵が気を苛《いら》ったように膝《ひざ》を揺《ゆ》する。

「へい……。それが今日は二十六夜《にいざよい》で、海岸沿《ぞ》いに屋台店《やたいみせ》が出て大層な人立《ひとだち》でやしんでやすよ……。親分から言われたとおり、あっしと利助《りすけ》が手分けして見廻《みまわ》りをしてたんでやすよ……。そしたら、月の岬《みさき》に上がる手前《てめえ》で不審《ふしん》な母子《おやこ》連れが目に留《と》まりやしてね。三十路《みそじ》もつれの女ごが四歳くれェの娘を抱きかかえ、もう片方の手でこの餓鬼《がき》の手を摑《つか》んで海を覗き込んでいるじゃありやせんか……。一体《いってえ》何をしてるんだろうかと思ったんだが、その矢先《やさき》、女ごが海に飛び込もうと身体《からだ》を前に突き出したんだが、その刹那《せつな》、この餓鬼《がき》が女ごの手を振り解《ほど》いて、あっしに向かって駆けて来やしてね。女ごは一瞬あっと振り返《けえ》ったんだが、こいつのことは諦《あきら》めたのか、意を決したように娘を抱いて海に飛び込んじまって……。あっと思ったんだが、あまりにも一瞬のことで……。それに、この餓鬼があっしの脚《あし》にしがみついて離れようとしねえもんだから、身動きがとれねえ……。周囲《まわり》にいた連中から、身投げだ、早く引き上げろ、と声が上がり、何人かが海に向けて飛び込んでいったんだが後の祭……。やっとの思いで女ごと娘を引き上げたときには、もう息がなくてよ……」

金太は今にも泣き出しそうな顔をして、団栗目《どんぐりめ》をしわしわとさせた。

「なんと……」

亀蔵が絶句する。

おりきも驚きのあまり言葉を失い、はっと、おひろに目をやった。

おひろが口許《くちもと》をびくびくと顫《ふる》わせている。

「するてェと、その女ごは二人の子を道連れに身投げしようとしたが、この餓鬼が危険を察し、母親の手を振り解いて逃げたってこと……」

「そういうことで……。それで、取り敢《あ》えず、近場の自身番にこいつを連れてったんでやすよ。すると、こいつ、父親《ておや》は二年前《めえ》に家を出たきりで、どこにいるのか判《わか》らねえ、自分にはおっかさんと妹以外に身寄りがねえと言うじゃありやせんか……。自身番じゃ、どうしてよいのか途方《とほう》に暮れちまいやしてね。そしたら誰かが、恐らく今頃、亀蔵親分は昨日一家心中をした家族の生き残りを立場茶屋《たてばぢゃや》おりきに連れて行ってるはずだから、とにかくおめえもその餓鬼を連れて後を追いかけてみなって言うもんだから、それで……。いけやせんでしたか？」

金太が怖々《こわごわ》と亀蔵を窺う。

「いけねえと言ったところで、おめえ、もう連れて来ちまったじゃねえか……」

亀蔵は業《ごう》が煮《に》えたのか金太を睨《ね》めつけ、男の子に視線を移した。

「おめえ、名前《なめえ》は？」

「武蔵《たけぞう》！　宮本武蔵《みやもとむさし》と同じ字だよ」

男の子は屈託《くったく》のない声で答えた。

「ほう、武蔵か……。で、歳は？　どこから来た」

「八歳。芝口《しばぐち》一丁目から来たんだ。おっかさんが品川宿《しながわしゅく》の二十六夜に連れてってやるって言うから来たんだけど、海を見ていたら、このまま海に沈んじまったらどんなに楽になれるだろう、おまえたち、おっかさんと一緒ならどこにでも行くよね？　とおっかさんが妙なことを言い出し、おいら、怖くなっちまって……。そしたら、おっかさんがおいらの手をぐいと引いたもんだから、慌てて振り解いて逃げたんだ……。おいら、悪いことをしたんじゃねえよな？」

武蔵が怯《おび》えたような目をして、亀蔵を見る。

「ああ、おめえは悪いことをしたんじゃねえ……。悪いことをしたのは、おめえのおっかさんでよ。可哀相《かえいそう》に、妹は道連《つれ》れにされちまったんだからよ！　親であろうと、子の生命《いのち》を奪《うば》う資格はねえんだ。どんな辛ェことがあったのかは知らねえが、歯を食い縛《しば》ってでも生きていかなきゃなんねえのよ。そうけえ、偉《えれ》ェぞ！　よく逃げてきたな。その意味じゃ、おひろも同じだ。二人とも自分の生命《いのち》を自分で護《まも》ろうとしたんだからよ。だがよ、一体《いってえ》、今日はなんて日なんだ？　こう立て続けに、親が子を道連れに生命《いのち》を絶《た》とうとするんだからよ……」

亀蔵が苦虫《にがむし》を嚙み潰《つぶ》したような顔をする。

おりきは武蔵の目を見据《みす》えると、ふわりとした笑《え》みを浮かべた。

「武坊《たけぼう》って呼んでいいかしら？　武坊、お父さまのことを少し聞かせて下さいな。先ほど、金太さんが、お父さまは二年前に家を出たきり戻らなくなったと言いましたが、お父さまは何をなさっていたのかしら？」

武蔵が首を傾《かし》げる。

「何って？」

「お仕事ですよ。何かの職人さんだったのかしら？　それとも、居職《いじょく》として、お家の中で仕事をなさっていたのかしら」

「…………」

武蔵がとほんとした顔をしている。

「物売りかもしれねえぜ。おっ、武蔵、おめえのおとっつァんは担《にな》い売りでもしてたのか？」

亀蔵がじろりと武蔵を睨《にら》みつけると、武蔵は怯えたように首を振った。

おりきが慌てて亀蔵に取って代わり、もう一度、優しい口調《くちよう》で訊《たず》ねる。

「担い売りって解りますよね？　ほら、背中に荷を背負《せお》ったり、天秤棒《てんびんぼう》を担《かつ》いで物を売り歩く人のことなのだけど、武坊のお父さまはそんなことをしていたのかしら？」

「うん」

武蔵はやっと問《と》われたことの意味が解ったのか、大仰《おおぎょう》に首を振った。

「おとっつァん、何もしていなかった……」

「何もしてねえだと？　おい、そりゃ、一体《いってえ》どういう意味なんだよ。何もしてねえで、どうやって食っていけるってェのよ……」

「おっかさんが針仕事をしたり、煮売屋《にうりや》の座禅豆《ざぜんまめ》を煮たりしてた……」

叱《しか》られたとでも思ったのか、武蔵が鼠鳴《ねずみな》きするような声で言う。

「するてェと、おめえのおとっつァんは女ごのおっかさんにだけ働かせて、てめえはぶらのさんを決め込んでいたというのかよ！」

「ぶ、ぶらのさんて？」

「何もしないで、一日ごろごろしている奴のことを言うのよ」

「だって、おとっつァん、片腕がないんだもん、したくても何も出来ねえんだって……。おっかさんが言ってたよ。一番辛《つら》いのは、おとっつァんなんだからねって……」

おりきと亀蔵は顔を見合わせた。

どうやら事情がありそうである。

「お父さまの片腕がないって、それはいつから？　最近のことなのかしら……」

おりきが訊ねると、武蔵はううんと首を振った。

「ずっと前だよ。おいら、おとっつァんの両手があるのを見たことない……」

亀蔵が忌々《いまいま》しそうにチッと舌を打つ。

「なんて奴なんでェ、片腕がなくて仕事が出来ねえと言いながら、ちゃんとするこたァしてたんだからよ！」

「親分！」

おりきがきっと鋭い目で亀蔵を制す。

「では、何故《なぜ》お父さまが片腕を失ったのかは判らないというのですね」

おりきは再び武蔵に目を据えた。

「誰かに斬《き》られたんだって……」

あっと、おりきが亀蔵を見る。

斬られたとは穏《おだ》やかでない。

「誰に斬られたって？　なんで斬られたのかよ！」

亀蔵に険《けわ》しい口調《くちよう》でせっつかれ、武蔵は目をまじくじさせた。

「おいら、知らねえもん……。訊《き》いたって、何も教えちゃくれねえ。おっかさんもおとっつァんの腕のことには触《ふ》れちゃなんねえって……。おとっつァんの機嫌《きげん》が悪くなるんだよ。それで、いつもおとっつァんの顔色を窺っては、皆、ぴりぴりしてたんだ……。だから、おいら、おとっつァんが戻って来なくなって、本当は嬉《うれ》しかったんだ！　おっかさんの前ではそんなことは言わなかったけど、きっと、すみれだってそう思ってたんだよ！」

「すみれというのが妹なのね？　では、お父さまがいなくなって、お母さまが武坊とすみれちゃんを育てていたということになりますが、そんなにしっかりしたお母さまなのに、何故にまた、可愛《かわい》い子を道連れにして死のうとされたのか……」

おりきがどうにも解《げ》せないといった顔をして、亀蔵に目をくれる。

亀蔵はうむっと腕を組み、首を傾げた。

すると、武蔵が呟《つぶや》く。

「おっかさんね、もう疲れたって言ってた……。何もかもが嫌になったって……」

おりきと亀蔵が顔を見合わせる。

疲れた、何もかもが嫌になったといっても、これまでも、武蔵の母親は針仕事や煮売屋の手伝いをして、女ご一人で生活《たつき》を支えてきたのである。

しかも、気を遣《つか》わなければならない亭主はもういない。

寧《むし》ろ、いくらか楽になってもよいところを、現在《いま》になって疲れたとは……。

おりきには、それが子を道連れにしてまで死を選ばなければならなかった原因とは、どうしても思えなかった。

やはり、何か他に理由《わけ》がありそうである。

だが、武蔵の母親がもうこの世にいないのでは、なにもかもが藪《やぶ》の中……。

しかも、八歳の武蔵にこれ以上質《ただ》しても無駄というもの……。

とにかく、何か判るまで、武蔵もあすなろ園で預かるよりないだろう。

「解りました。武坊もあすなろ園で預かりましょう。けれども親分、おひろちゃんと違って、武坊の場合は父親《てておや》がまだこの世にいることでもありますし、母親が何ゆえ死を選ばなければならなかったのか調べてみる必要があるのではないかと思いますが……」

おりきはそう言うと、亀蔵も仕こなし顔に頷《うなず》く。

「ああ、解ってるさ。おっ、坊主《ぼうず》、おめえ、芝口一丁目から来たと言ったが、なんて裏店に住んでた？　八歳にもなれば、そのくれェのこたァ解るだろうが」

亀蔵に言われ、武蔵がムッとした顔をする。

「知ってらァ！　ももんじ店《だな》だよ。それに、おいら、坊主じゃねえもん！」

「ももんじ店《みせ》? おう、新道沿《しんみちぞ》いに山くじらの見世があるあの裏店だな? で、おめえのおっかさんはなんて名でェ。おう、そうよ、おとっつァんの名も訊いておかなきゃな……」

「おっかさんはお敏《とし》、おとっつァんは飯盛小平太《いいもりこへいた》だよ」

「飯盛……。おっ、お武家か? いや、お武家といっても裏店暮らしってことから考えると、浪人か……。成程《なるほど》、果たし合いか何かで片腕を失ったってことか……。まっ、どっちにしたって、話は早《はえ》ェや! 早速《さっそく》、ももんじ店の大家を当たってみることにしよう」

すると、それまで口を挟《はさ》むことなく黙って耳を傾《かたむ》けていた金太が、団栗目を瞬《しばた》きながら、武蔵をちょっくら返した。

「へえェ、おめえのおとっつァんはお武家かよ! それにしちゃ、おめえはちっともお武家の子にゃ見えねえが、どうしてェ、ちゃんと躾《しつけ》してもらっていねえのかよ!」

武蔵がきっと金太を見返す。

「違わァ! おとっつァんはお武家なんかじゃねえ」

「何言ってやがる! 現在《いま》は浪々の身かもしれねえが、そうしてちゃんと苗字《みょうじ》を持ってるんだから、元はお侍《さむれえ》だったたってことでよ。てこたァ、おめえもただの武蔵じゃなくて、飯盛武蔵……。恐らく、宮本武蔵に因んで武蔵とつけたんだろうが、飯盛武蔵じゃあんましお粗末《そまつ》すぎて、へっ、ちゃんちゃら可笑《おか》しくって臍《へそ》が茶を沸《わ》かすぜ！」

「違う、違うってば！　おいらは飯盛武蔵じゃねえ……。ただの武蔵だし、おっかさんはお敏、妹はすみれだからよ！」

武蔵が怒りに目をぎらぎらと光らせている。

「金太、このひょうたくれが！　黙って喋れってェのよ。いいから、おめえはもう見廻りに戻んな！　おっ、ちょい待った……。見廻りはもういいから、芝口一丁目のもんじ店について来るんだ。おりきさん、そういうことで、この脚で芝口まで行って来るから、武蔵のことを頼んだぜ！　あっ、そうか……。武蔵だけじゃなかったな。おひろのこともひとつ宜《よろ》しく頼んだぜ。おっ、おひろ、仲間が増えたんだ、おめえも心強《こころづえ》ェだろ？　いいな、せっかく、てめえで護った生命《いのち》なんだ。その生命を護るためにも、しっかり飯を食うんだぜ。解ったな？」

亀蔵はおひろに目弾《めはじき》をしてみせると、じゃあな、と片手を挙《あ》げて帳場を出て行った。

おりきはふうと肩息《かたいき》を吐くと、おひろと武蔵を交互《こうご》に見た。

「では、あすなろ園に参りましょうか！」

武蔵がこくりと頷く。

が、おひろは相変わらず項垂《うなだ》れたまま……。

ときを同じくして、親に無理心中を強いられたおひろと武蔵……。

その表情こそ違え、心に負《お》った疵《きず》の深さは同じなのである。

護ってやらなければ……。

おりきは胸の内で呟くと、さっ、参りましょうか、と二人を促《うなが》した。

おひろと武蔵を迎えたあすなろ園の子供たちの反応はさまざまだった。

二人が家族を失ってまだ間もないと聞かされたおせんは、おひろの傍まで寄って行くと手を握り、大丈夫だよ、あたしや勇坊《ゆうぼう》は三年前の地震で家族が死んじまい、それでここに連れて来られたんだけど、最初《はじめ》は心細くてもすぐに慣《な》れたから、おひろちゃんも心配しなくていいんだよ、と先輩風《せんぱいかぜ》を吹かし囁《ささや》いた。

が、いきなり手を握られたおひろは、身体を硬《かた》くして項垂れたまま……。

すると、おいねが負けじとおせんとおひろの傍に寄って行った。

「おせんちゃん、手を離してやりなよ。おひろちゃんが怖がってるじゃないか！　おひろちゃん、あたしはおいね……。そして、この娘《こ》がみずきちゃんだよ。みずきちゃんは岡っ引きの亀蔵親分の孫なんだ。だから、夕方になると高輪車《たかなわくるま》町《ちょう》まで帰っちまうけど、それでも、あすなろ園の仲間なんだ！　だって、毎日ここに通って来るんだからさ……。あたしもそうだよ。ほら、立場茶屋おりきの隣に彦蕎麦《ひこそば》って蕎麦屋《そばや》があるだろう？　あたしはそこの娘……。けど、あすなろ園の仲間には違いないし、貞乃先生や女将さんはここに集《つど》う者は皆家族って言ってるからさ。ねっ、貞乃先生、そうだよね？」

おいねが貞乃に媚《こ》びるように言う。

「ええ、そうですよ。おひろちゃんも武坊も今日からあすなろ園の仲間で、謂《い》わば、皆にとっては弟妹《きょうだい》同然……。仲良くしてあげて下さいね」

貞乃が子供たちを見廻すと、勇次《ゆうじ》が偉そうに腕を組み、まるで品定《しなさだ》めするかのように武蔵の周囲《まわり》を一周した。

「おめえ、幾《いく》つだ」

「八歳……」

「じゃ、悠基《ゆうき》より一つ上ってことか……。だがよ、ここじゃ、悠基のほうが古株《ふるかぶ》だ。いいな、今日からおめえをおいらの子分にしてやるが、悠基のことを立てるのを忘れるんじゃねえぜ！　おいらは勇次、十三歳だ。おいらの上に卓兄《たくにイ》がいるが、現在《いま》は旅籠《はたご》の板場で下働きをしていて、ここには寝に帰《けえ》るようなもの……。だからよ、おいらのことを大将《たいしょう》と思うんだ！　いいな、解ったな？」

　勇次が得意満面《とくいまんめん》に鼻蠢《おごめ》かす。

「何を莫迦《ばか》なことを言ってるんだえ！　ここじゃ、誰が大将で誰が子分でもないんだよ。いつも女将さんや貞乃さまが言ってるだろ？　ここでは上も下もない、皆、平等なのだって！」

　キヲが甲張《かんば》った声で勇次を鳴り立てる。

「そうだよ！　勇坊のひょうたくれが……。武坊、気にするんじゃないよ」

　おせんが勇次に向かって、べっかんこをしてみせる。

「おせん、このどち女《あま》が！」

「お止《よ》しなさい！　ほら、おひろちゃんと武坊が驚いているではないですか……。おひろちゃん、武坊、怖がらなくてもよいのですよ。この二人は寄ると触《さわ》るとこの調子ですが、仲が悪くて言い合っているわけではなく、寧ろ、仲が良くてじゃれ合っているのですからね。では、手習《てならい》の席順を決めましょうか……。二人はどうなのでしょう。これまで手習指南所《てならいしなんしょ》に通ったことがあるのかしら？」

貞乃がおひろと武蔵に訊ねると、二人とも臆《おく》したように上目《うわめ》に貞乃を窺った。

どうやら、手習塾《てならいじゆく》には行ったことがないとみえる。

「解りました。では、今日から皆と一緒に稽古《けいこ》しましょうね。それで、おひろちゃんは……」

「あたしの隣においでよ！　教えてあげるからさ」

おせんがさっと手を挙げる。

「では、おひろちゃんはおせんちゃんの隣で、武坊は……」

「おいらの隣に決まってるだろう！」

勇次が当然だといった顔をする。

とは言え、初めて筆を手にする武蔵を勇次の隣に坐らせるのは、いかにいっても危《あぶ》なっかしい。

すると、貞乃が躊躇《ためら》ったのを見て、おいねが手を挙げる。

「あたしの隣に来てもいいよ！」

「そうね。そのほうがよいかもしれませんね」

貞乃が頷くと、勇次は不貞《ふて》たようにぷっと頬《ほお》を膨《ふく》らませた。

「なんでェ、せっかく男は男同士で、おいらが教えてやろうと思ったのによ！」

「有難《ありがと》うね、勇坊。けれども、武坊は筆を持つのが初めてのようなのです。もう少し慣れたら改めて席替《せきが》えをしますので、そのときは親切に教えてあげて下さいね」

貞乃にやんわりと諭《さと》され、勇次が照れたように負け惜《お》しみを言う。

「やァなこった！　誰が教えるかよ。おいらが教えるのも教えられるのも大嫌《だいきら》いなことくれェ、皆も知ってるだろうが！」

子供たちがぷっと噴《ふ》き出す。

それで一気に、あすなろ園が和《なご》やかな雰囲気に包まれた。

が、手習の稽古を始めて暫《しばら》くした頃のことである。

おひろの手許《てもと》を覗き込んでいたおせんが驚いたといった口調で、大声を上げた。

「おひろちゃん、上手《うま》いじゃないか！　あんた、手習をやったことがないなんて嘘《うそ》なんだろ？　なんで、そんな嘘を吐いたのさ」

貞乃が急いでおひろの傍に寄って行く。

「まあ、これは……」

貞乃も目を瞠《みは》った。

貞乃の手本、いろはにほへと、をなぞり書きしただけなのであるが、とても初めて筆を握ったとは思えないほどの筆致《ひっち》なのである。

「おひろちゃん、手習をしたことがあるのね？　女将さんの話では、おひろちゃんはこれまで芝八丁目にいたとか……。では、その界隈《かいわい》の手習指南所に通っていたのですね」

「…………」

おひろは顔を伏せたままだった。

「どうしたのさ！　なんで答えないんだよ。貞乃先生、この娘《こ》、妙なんだよ。さっきからあたしが何を訊いても答えようとしないんだ……。聞こえていないはずがないから、答えたくないんだろうけど、そんなの失礼じゃないか！　あたしの傍にいたくないのならはっきりそう言えばいいのに、こんなの、あたしを莫迦にしているのと一緒じゃないか！」

おせんが悔《くや》しそうにおひろを睨みつける。

貞乃は狼狽《うろた》えた。

「おせんちゃん、おひろちゃんを許してあげてね。先生が悪かった……。おひろちゃんがまだ誰とも話したくないほど疵ついているというのに、解ってあげられなくて、いきなり皆と同じことをしろと強いたのですものね……。いいのよ、おひろちゃん。現在《いま》はしたいことをしていてもいいの。泣きたければ泣いてもいいし、誰とも喋りたくなければ黙っていてもいい……。けれども、これだけは解って下さいね。わたくしたちはおひろちゃんが懐《ふところ》に飛び込んで来てくれるのを待っています。寂しくなったり、支えてほしくなったら、いつでもわたくしの懐の中に飛び込んで来るのですよ。いいわね？」

貞乃がおひろの肩をそっと抱きかかえる。

その刹那、おひろの目に涙が溢《あふ》れ、堰《せき》を切ったかのように頰を伝った。

子供たちの目がおひろに釘《くぎ》づけとなる。

おひろは堪《こら》え切れなくなったのか、貞乃の胸にワッと泣き崩《くず》れた。

恐らく、家族の死を目の当たりにしてから、これが初めて見せた涙なのであろう。

おひろは小さな胸に溜《た》め込んでいた、涙のありったけを吐き出した。

「あァん……、あァん……、あァん……。おとっつァんの莫迦！　なんでなんだよォ……。あァん……、おひろのこと許して……。おひろ、死ぬのが怖かった……。きっと、ズルしたおひろのことをおとっつァんは怒ってる……。けど、怖かったの、怖かったの！」

おひろが貞乃の胸に縋《すが》って泣き叫ぶ。

貞乃はおひろを抱く手に力を込めた。

「おひろちゃん、狡《ずる》かったのじゃないのよ。わたくしたちはね、目に見えない力に生かされているのですよ。その力によっておひろちゃんは生きることを選ぶことになったのですよ……。そんなふうにして生き残った生命《いのち》ですもの、大切にしなくてはね……。それにね、おひろちゃんがあすなろ園へと導《みちび》かれたのも、ここでなら、その大切な生命《いのち》を育《はぐく》むことが出来るから……。わたくしたち皆がおひろちゃんを支えます。安心して、身を預けてくれてよいのですよ」

貞乃がおひろの耳許《みみもと》に囁くと、おひろは顔を埋《うず》めたまま、うんうんと頷いた。

そんな二人を見て、あすなろ園の子供たちにもやっと事情が呑《の》み込めたとみえ、おせんが、おひろちゃん、ごめんね、と呟く。

他の子供たちも一斉《いっせい》に頷いた。

貞乃はおひろと武蔵がここに来ることになった事情を具《つぶさ》に話すのは酷《こく》と思い、子供たちに二人が家族を失ったとしか伝えていなかったのだが、どうやら裏目《うらめ》に出たようである。

隠したところで、いつかは判ること……。

やはり、すべてを打ち明け、そのうえで疵ついた二人にどう対応すべきか子供たちに考えさせればよかったのである。

と、そのとき、武蔵がぽつりと呟いた。

「おひろちゃん、おいらも死にたくなくて、おっかさんの手を振り解いたんだ……。死ぬのが怖かったのは、おひろちゃんだけじゃねえ！　おいらも怖かったんだ……」

今度は、子供たちの視線が一斉に武蔵へと注《そそ》がれる。

「おいらだって泣きてェ……。けど、おいら、涙が出ねえんだ。だって、妹を抱いて海に飛び込んだおっかさんが許せなくてよォ。すみれだって、きっと死にたくなかったんだ！　それを思うと、おいら、悔しくって……」

そう言った途端《とたん》、武蔵の頬を大粒の涙が伝った。

キヲが見るに見かね、武蔵の傍に寄って行き、ぐいと抱き締める。

「いいんだよ、お泣き……。我慢《がまん》することはない。思いっ切り、泣いていいんだよ！」

キヲも目に涙を湛《たた》えていた。

すると、どこからともなく、しくしくと啜《すす》り泣く声が上がった。

見ると、女ごの子ばかりか、おや、勇次までが泣きじゃくっているではないか……。

貞乃はその光景を目にし、胸を熱くした。

我慢するだけが能《のう》じゃない。

哀《かな》しければ泣けばよい、悔しければ悔し涙にくれるがよい。

他人《ひと》への思い遣《や》りで涙にくれる、それほど人間らしいことはなく、それが、家族、仲間というものなのであるから……。


亀蔵は八文屋《はちもんや》の水口《みずぐち》を入ると、思わずおっと頬を弛《ゆる》めた。

板場で鉄平《てっぺい》とおさわが何やら愉《たの》しそうに口っ叩《たた》きしながら夕餉《ゆうげ》の仕度《したく》をしている姿を目にし、疲弊《ひへい》した身体がどこかしら癒《い》やされるように思えたのである。

おさわの傍には、みずきが……。

みずきはいっぱしに手伝っているつもりなのか、それぞれの箱膳《はこぜん》に小茄子《こなす》の蓼漬《たでづけ》を載《の》せていた。

「あっ、義兄《にい》さん……」

「お帰りなさい！」

鉄平とおさわが亀蔵に気づき、声をかけてくる。

「どうしてェ、随分と愉しそうじゃねえか……。一体《いってえ》、何を燥《はしゃ》いでいた？」

亀蔵がそう言い小茄子の蓼漬に手を出そうとすると、みずきがバシンとその手を叩《はた》いた。

「駄目だよ、じっちゃん、摘《つま》み食いしちゃ！」

亀蔵はバツが悪そうに、ひょいと肩を竦《すく》めた。

「おっ、済まねえ……。だが、こいつァ美味《うま》そうじゃねえか！　小茄子の蓼漬だろ？　そろそろ小茄子も終《しめ》ェかと思ってたが、まだあったとはよ」

小茄子の蓼漬は亀蔵の好物の一つである。

茄子の糠漬《ぬかづけ》はすぐに色が茶色っぽく変色してしまうが、蓼漬にすると、暫くは色鮮《いろあざ》やかさを保《たも》つ。

パリッとした歯《は》触《ざわ》りと茄子の紫《むらさき》に蓼の緑《みどり》が見た目にも食をそそり、亀蔵はこれがあればご飯を二膳《にぜん》は余分に食べられるのである。

蓼漬は漬《つ》け込むときに塩水に溶《と》かした焼明礬《やきみょうばん》を加えるが、焼酎《しょうちゅう》に砂糖《さとう》を混ぜて小石と一緒に漬けると色止《いろど》めの効果があるともいわれる。

が、おさわはどのみちすぐに食べちまうんだから蓼だけで充分だと言い、そんな手間はかけないようである。

「今朝、青物の担い売りの籠《かご》に小茄子を見つけ、親分の顔がちらと頭を過《よ》ぎりましてね。それで、全部買い取っちまったんですよ」

おさわがどうだとばかりに片目を瞑《つぶ》ってみせる。

「そうけえ、そいつァ食うのが愉しみだ。ところで、おめえたち、何を愉しげに話してた？」

亀蔵はそう言うと、こうめとお初《はつ》は食間か？　と顎をしゃくってみせる。

「ええ、恐らく、お初にオッパイをやってるんでしょう。それがね、義兄《にい》さん、聞いて下せえよ……。おさわさんがね、鰯《いわし》は鮎《あゆ》に勝《まさ》るかどうか試《ため》してみようと言い出しやしてね」

鉄平が思い出し笑いをしながら言う。

「なんでェ、それは……」

亀蔵が目をまじくじさせる。

「いえ、それがね、先《さい》つ頃、魚河岸《うおがし》で、鰯は鮎に勝る、新鮮な鰯に勝てる魚はねえ、と売り声を上げている仲買《なかがい》に鉄平が出会《でくわ》したというんですよ。それで、なんで鰯が鮎に勝るのかと訊ねたところ、鰯の女房詞《にょうぼうことば》を紫、または、おむら、といい、古来から、色の格付《かくづけ》は藍《あい》より紫が上……、つまり、藍を鮎になぞり、紫は藍に勝る、鰯は鮎に勝るってことなんだ、とその男が答えたんですって！　いかにもこじつけみたいだけど、あたし、なんだか可笑《おか》しくなっちまって……。けど、考えてみると、新鮮な鰯は鯛《たい》にも勝るとも言われるし、それで、本当かどうか試してみようってことになったんですよ。そんな理由《わけ》で、今宵《こよい》は鰯の刺身《さしみ》に鰯焼味噌和《いわしやきみそあ》えと鮎飯《あゆめし》……。いえね、鮎は塩焼《しおやき》が一等美味《おい》しいのは解っていますよ。けど、塩焼にするほど立派な鮎と鰯を競《きそ》わせるのはいかにも酷でしょう？　それで、今宵は稚鮎《ちあゆ》を用《もち》いて鮎飯ってことに……」

「ほう、そうけえ……。けど、なんで鰯が紫なんでェ」

亀蔵にはまだ意味が解らないとみえ、訝しそうな顔をしている。

すると、鉄平が訳知《わけし》り顔に言う。

「鰯の肌って、見ようによっては紫に見えやすからね……。俺が聞いた話じゃ、女房詞というのは御所《ごしょ》に仕《つか》える女房たちの隠語《いんご》だそうで、それが将軍家に伝わり、現在《いま》では市井《しせい》でも使われるようになったとか……。ほら、団子《だんご》のことをいしいしと呼んでみたり、豆腐《とうふ》をおかべ、鯉《こい》をこもじというのと同じ類《たぐい》で、鰯っていうと下賤《げせん》な響《ひび》きがするが、紫、おむらというと、どこかしら高貴《こうき》な魚のように聞こえやすでしょう？」

「どうしてェ、鉄平、なかなか物知りじゃねえか！」

亀蔵がひょうらかす。

鉄平は挙措《きょそ》を失い、ぱっと頰に紅葉《もみじ》を散らした。

「いえ、これも受け売りでやしてね。実は、俺も今日初めて仲買から聞いたってわけで……」

「まっ、どっちにしたって美味《うめ》ェもんが食えるのなら文句はねえ！　なに？　鰯刺《いわしさし》に鰯焼味噌和え、鮎飯だって……。そいつァ生唾《なまつば》を呑みそうになるところだが、ところで、鰯焼味噌和えたァなんのことでェ……」

「そう来ると思った！　いえね、いきなり食膳《しょくぜん》に出して親分を驚かせてやろうかと思ってたんだけど、今、言っちゃいますね……。これが、実に簡単！　小皿に味噌を塗《ぬ》りつけ、それを火に焙《あぶ》って焼味噌を作るんですよ。それに、種を抜いてみじん切りにした唐辛子《とうがらし》と、手開きにした生《なま》の鰯を千切《ちぎ》って混ぜるだけ……。刻《きざ》んだ青紫蘇《あおじそ》を上に載せると見た目もよく、これをご飯のうえに載せて食べてもよし、また酒の肴《さかな》として食べてもよし、とにかく、一度《ひとたび》食べたら病《や》みつきになること間違いなしってなもんでしてね」

　おさわが鬼の首でも取ったかのような言い方をする。

「おお、聞いただけで生唾を呑みそうだぜ……。小茄子の蓼漬に鰯焼味噌和えと聞いたら、これはなんでも一本燗《つ》けてもらわなくっちゃな！」

「あい承知！　勿論、あたしもそのつもりでしたよ」

　おさわがポンと胸を叩いてみせる。

亀蔵が食間に入って行くと、こうめがお初を揺籃《ゆりかご》代わりの軽籠《かるこ》に寝かしつけているところだった。

新年早々、嫁が君（鼠《ねずみ》）が運んで来たお初は半年を過ぎ、まだ這《は》い這いすることも立つことも出来ないが、人見知《ひとみし》りすることもなく随分としっかりしてきたようである。

みずきのときに比べると、身体も一廻り大きいし、滅多《めった》にぐずることもない。

年中《ねんじゅう》三界猫《さんがい》の手も借りたいほど忙しい八文屋には、手のかからないもってこいの赤児《やや》なのである。

「なんだ、義兄《にい》さん、帰ってたんだ」

こうめが亀蔵に気づき、振り返る。

「眠ったのか……」

「ええ、オッパイを飲んだものだから……。ホント、この娘《こ》ってよく飲むの。みずきのときにはオッパイを飲ませるのにもひと苦労したけど、お初は飲み過ぎじゃないかと心配になるほどでさ……。お陰で、こんなにむっちりと太《ふと》っちまってさ！　子守の婆《ばあ》さんが手のかからない赤児《やや》で助かるが、この頃うち、目方《めかた》が急に増えたもんだから、抱くにも負ぶうにもひと苦労だと零《こぼ》していてさァ……」

こうめが不服そうに唇を窄《つぼ》めてみせる。

「てんごうを！　息災《そくさい》なことを感謝しなくちゃならねえというのに、なんでェ、その言い種《ぐさ》は！」

亀蔵が声を荒らげると、箱膳を運んで来たおさわが、なんですか、親分は！　大きな声を出すと、お初ちゃんが目を醒《さ》ますじゃないですか、と呆《あき》れ返ったように言う。

「そうだよ！　じっちゃんは大人げないんだから……」

おさわの後から食間に入って来たみずきがめっと亀蔵を睨みつける。

「おや、大人げないときたよ、みずきちゃんは……。一体、どこでそんな言葉を覚えたのさ」

おさわに言われ、みずきが鼻柱《はなばしら》に帆《ほ》を引っかけたような顔をする。

「じっちゃんが下っ引きの金太さんに言ってるのを聞いたんだよ。小中飯《こじゅうはん》（おやつ）に出した西瓜《すいか》を、利助さんと二人して、おめえのほうが大きい、ズルするんじゃねえって言い合っていたら、じっちゃんが、おめえら、大人げねえ真似《まね》をするんじゃねえって怒鳴《どな》りつけてたもん！」

「あっ、そういうことか……。義兄《にい》さん、みずきに一本取られやしたね！」

鉄平がくくっと肩を揺する。

それで一気に食間の空気が和《やわ》らいだ。

「さあさ、食べるとしようじゃないか！」

おさわが亀蔵に酌《しゃく》をする。

おっとっと……。

亀蔵が盃《さかずき》から溢れそうになった酒を口から迎えに行く。

亀蔵はでれりと目尻《めじり》を下げていた。


おさわは亀蔵が鰯焼味噌和えに箸《はし》をつけると、目を皿のようにして、亀蔵の反応を窺った。

亀蔵が口の中で鰯を転がし、満足そうにうんうんと頷く。

「どうです？」

おさわが遂《つい》に痺《しび》れを切らして訊ねると、亀蔵はまあ待てと目まじしてみせ、もうひと箸、鰯を口に運んだ。

「…………」

「…………」

おさわと鉄平は固唾《かたず》を呑んで亀蔵を瞠《みつ》めていた。

すると、亀蔵はにっと頬を弛め、

「おさわ、こいつは絶品《ぜっぴん》だぜ！　鰯刺の美味《うま》さとまた違い、この焦《こ》がした味噌の芳《こう》ばしさが堪《たま》んねえ……。俺《おり》ャよ、耳だけで鰯焼味噌和えと聞いたときには、焼いた鰯を味噌で和えたものかと思ったが、焼いたのが味噌とはよ……。そいつに刺身で食えるほど新鮮な鰯を和えてあるんだから、これを絶品と言わなくてどうしようってか！　青紫蘇を加えたのもミソ……。酒の宛《あて》にしても、ご飯のお供《とも》にしても最高だ！　おっ、どうしてェ、鉄平こうめも食ってみな！」

亀蔵に勧められ、皆も鰯焼味噌和えに箸を伸ばす。

「みずきも食べていいの？」

「ああ、いいともさ……。みずきはじっちゃんに似て刺身好きだ、餓鬼《がき》の頃から美味《うめ》ェもんの味を知っておけば、大人になって、おさわのような料理上手な女ごになれる……。じっちゃんはよ、みずきに味音痴《あじおんち》の女ごだけにはなってもらいたくねえのよ。さっ、食いな！」

みずきが嬉しそうに鰯へと箸を伸ばす。

「どうだ、美味《うめ》ェだろ？」

「みずき、美味ェじゃなくて、美味しいだろ？　義兄《にい》さん、駄目だよ。みずきは女ごの子なんだから、言葉遣いには気をつけてくれないと……」

こうめが仕こなし振りに亀蔵に文句をつける。

「何言ってやがる！　てめえだって、女ごだてらに美味ェ、美味ェを連発するくせしてよ！」

「あら、嫌だ。あたしは美味ェとは言いませんよ！　言うとしたら美味いで、美味ェと美味いでは大違いですからね……。ねっ、おばちゃん、そうだよね？」

こうめがおさわに助け船を求める。

「おや、そうですかね。あたしに言わせれば、どっちもどっち！　けど、いいじゃないか。みずきちゃんは賢《さと》い娘《こ》だもの、時と場合を考えて、ちゃんと使い分けするだけの才覚《さいかく》を持っているだろうからさ……」

すると、みずきが澄《す》ました顔で言う。

「あたし、現在《いま》でもちゃんと使い分けてるよ。じっちゃんやおとっつァん、あすなろ園の男の子には乱暴な言葉を使うことがあるけど、貞乃先生には敬語を使うし、女ごの子には女ごの子らしい言い方をしてるもん！」

ほう……、と亀蔵は目を細めた。

恐らく貞乃に教えられたのであろうが、みずきが敬語という言葉を使うとは……。

みずきは亀蔵の知らないところで、確実に、一歩一歩と成長していたのである。

このほのぼのとした一家団欒《いっかだんらん》のひととき……。

これが、幸せな家族というものなのである。

亀蔵は今し方芝口一丁目のももんじ店の大家から聞いてきた話を思い出し、武蔵へと想いを馳《は》せた。

ももんじ店の大家彦衛門《ひこえもん》は飯盛小平太の女房お敏がすみれを道連れに入水《じゆすい》したと聞き、いかにも覚悟していたかのように頷き、目を閉じた。

そして、ひと呼吸置くと目を開け、そうでしたか……、と呟いた。

「武蔵が死ぬのを嫌がり母親の手を振り解いて逃げたと……。あの子なら、そうでしょう。あの子は気ぶっせいな環境の中で貧苦《ひんく》に喘《あえ》ぎながらも、決して挫《くじ》けない強い意思を持っていましたからね。あの子が口癖《くちぐせ》のように言っていたのが、おいら、大人になったら、うんと稼《かせ》いで分限者《ぶげんしや》になってやる、という言葉でしたからね……。その気持も解ります。父親《てておや》は片腕がないというだけですっかり僻《ひが》み根性の塊《かたまり》となり、日がな一日、乾反寝《ひぞりね》（不貞寝《ふてね》）をするか、繰言《くりごと》を募《つの》るばかりで、母親のお敏さんが夜の目も寝ずに働いて生活《たつき》を支えていましたが、女ご一人が稼ぐ金では、一家四人が糊口《ここう》を凌《しの》ぐのもままならない……。武蔵って子は、五歳になるやならない頃から、樽買《たるか》いや近所の使い走りをして駄賃《だちん》を稼いでいましたからね。二年前、父親《てておや》がふいと家を出たまま戻って来なくなってからは、目も当てられない……。何もしないでぶらのさんを決め込んでいた父親《てておや》だから、いなくなってくれればせいせいするってもんだが、なんと、あの男、家をおん出る前に、素金《すがね》（質種《しちぐさ》を取らずに金を貸す）を五両借りていたというではありませんか！　しかも、江戸の素金月利《すがねげつり》は元金《がんきん》二十五両につきの利息が一分《いちぶ》が普通というのに、あの男は五両で月利一分という高利貸しから借りたというのですからな……」

彦衛門は太息を吐いた。

「じゃ、お敏は亭主が借りた金の尻拭《しりぬぐ》いをしなくちゃならなくなったと……」

亀蔵が唖然《あぜん》としたように言うと、彦衛門は渋面《じゅうめん》を作り頷いた。

「あれでも、お敏さんは健気《けなげ》にも元金返済を延ばしてくれと高利貸しに頭を下げ、月利の一分だけを毎月返済していたようなのだが、ひと口に月一分といっても、女ごの身では大変だ……。二人の子に食べさせなきゃならないうえに、店賃《たなちん》も払わなきゃならない……。とは言え、店賃はここ一年滞《とどこお》ったままでしてね。あたしも気の毒だと思い、黙って目を瞑ってきたのですが、人の善《よ》いのもいい加減《かげん》にして、正《まさ》な話、そろそろ店立《たなだて》（借家を追い出す）しなくてはと思っていたんですよ……。だが、日増《ひま》しに窶《やつ》れていくお敏さんや、幼気《いたいけ》な二人の子を見ると、つい、あたしも情にほだされてしまいましてね。が、ここ数日、お敏さんの様子は尋常《じんじょう》ではありませんでした……。声をかけても心ここにあらずで、何かに憑《つ》かれたかのように口の中でぶつぶつ呟いていましてね……。可哀相に、お敏さんの中で、辛抱《しんぼう》の棒が折れちまったんでしょうよ。けど、まさか、こんなことになるなんて……」

彦衛門は遣り切れないのか溜息《ためいき》を吐くと、天を仰《あお》いだ。

「だがよ、何ゆえ、飯盛小平太という男は女房、子を捨て、姿を晦《くら》ましちまったのだろうか……。そいつ、苗字を持っているからには、お武家なんだろう？」

亀蔵が手にした十手《じって》で肩をポンポンと叩く。

隠し立てをするとためにならないと、凄味《すごみ》を利《き》かしたつもりであった。

が、彦衛門は、なァんの！　と鼻で嗤《わら》った。

「お武家といっても、三一侍《さんぴんざむらい》で……。元は旗本《はたもと》飯盛某《なにがし》かの草履取《ぞうりと》りをしていたそうで……。お敏はその屋敷の婢《はしため》だったが、あろうことか、二人が理《わり》ない仲となっちまったもんだから、主人《あるじ》の逆鱗《げきりん》に触れ、小平太は一太刀《ひとたち》の下《もと》に片腕を斬られ、お敏ともども屋敷を追い出された……。そのとき既《すで》にお敏のお腹には武蔵がいたそうで、お敏にしてみれば、小平太は自分のせいで片腕を失ったようなもの……。今後は自分が小平太やお腹の子を護らなければと思ったのでしょうな。それで、二人して質朴《しっぼく》とした暮らしながらも幸せな家庭をと思ったのでしょうが、ところがどっこい、小平太という男は片腕を失った我が身の不憫《ふびん》さを言い募るばかりで働こうとしない……。片腕だけでも出来る仕事は山とあります。実は、あたしも二、三度世話をしようとしたことがありましてね。利き腕の右手が使えるのだから、筆耕《ひっこう》はどうかと思いましてね。ところが、あの男、左手の支えがあってこそ右手で上手く字が書けるのだ、と歯牙《しが》にもかけないではありませんか……。それで、傘張《かさは》りなら要領さえ覚えれば片腕で出来るのではないかと言いますと、そんな辛気《しんき》臭《くさ》いことは性《しょう》に合わないと断りましてね。こうなると、あたしも金輪際《こんりんざい》世話をしてやるものかと尻《けつ》を捲《まく》りたくもなってしまいましてね。以来、一切《いっさい》あの男の世話から手を引いたってわけで……。とどのつまり、お敏さんだけに貧乏《びんぼう》くじを引かせることになりましてね。気の毒なことをしてしまいました……」

彦衛門は辛そうに顔を歪《ゆが》めた。

「するてェと、お敏は自分のせいで亭主が片腕を失うことになったと自責《じせき》の念に駆られ、働かねえ小平太を支え続けたということか……。だがよ、それなら尚《なお》のこと、小平太はお敏と離れられねえのじゃ？　お敏の他にあの男を支えてやる者はいねえんだからよ。おっ、待てよ……。じゃ、五両の金で、他に生きていく術《すべ》を見つけたとでも……」

さあ……、と彦衛門は途方に暮れた顔をした。

「五両という金は貯《た》めようと思ってもそうそう貯まる金ではありませんが、使う段になると呆気《あっけ》ないものですからね……。あたしには俄《にわか》に五両を元手《もとで》に稼ぐ術を思い出せません。まっ、手慰《てなぐさ》みでもするというのなら、話は別ですがね」

亀蔵はあっと息を呑んだ。

「それよ！　おっ、大家、小平太は手慰みに嵌《はま》ってたってことはねえんだろうな？」

亀蔵が芥子粒《けしつぶ》のような小さな目をきらりと光らせる。

彦衛門は困じ果てたように目を瞬いた。

「はて……。このももんじ店に越《こ》して来てからは滅多に表に出ることもなく、散歩に出たとしても、ほんの一時《いっとき》のことですぐに戻って来ていましたからね。それに、あの男が手慰みをするような金を持っていたとは思えません。が、旗本屋敷にいた頃のこととなると……。あたしが聞いた話では、旗本屋敷の中間部屋《ちゅうげんべや》が丁半場《ちょうはんば》（賭場《とば》）にもってこいといいますからね。その頃、手慰みを覚えたとして……」

彦衛門があっと亀蔵を見た。

亀蔵も頷く。

「小平太が散歩に出た際、当時の仲間に出会《でくわ》したとしたら……」

「またぞろ、悪い虫が騒ぎ出し、それで高利の金を借りて姿を消した……。片腕がなくても、手慰みなら出来るからよ！」

亀蔵と彦衛門は顔を見合わせ、どちらからともなく頷いた。

「だが、待てよ……。小平太が姿を晦ましてから二年……。その間ずっと勝ち続けるとは考えられねえ。となると、すかぴん（無一文）となった小平太が帰《けえ》る場所はここしかねえ……。それなのに、今日まで姿を見せねえってことは……。おい、大家、もしかすると、小平太はもうこの世にいねえのじゃなかろうか！」

亀蔵がそう言うと、彦衛門は色を失い、わなわなと顫え始めた。

「まさか……。いや、親分がおっしゃるとおりかもしれません。そう考えるのが筋でしょう」

「とは言え、小平太が手慰みのために金を借りたという確たる証拠はないし、弱ったぜ……。こりゃ、おてちんでェ！」

結句、そこまでのことしか判らず、亀蔵は骨の髄《ずい》まで疲れ果てて車町まで戻って来たのだった。

そうして、八文屋に戻ってみると、和気藹々《わきあいあい》としたこの雰囲気……。

こうめが小憎《こにく》らしげに悪態《あくたい》を吐いても、その底には、家族への情が充《み》ち満ちている。

家族だからこそ歯に衣《きぬ》を着せずに言いたい放題言ってみても、最後は決まって笑い合う……。

亀蔵はこの温かさの中に身を浸《ひた》していることを有難《ありがた》く思うと同時に、薄幸《はっこう》に終わったお敏の身の有りつきに思いを馳せ、胸が締めつけられるのだった。

もう疲れた、何もかもが嫌になったと言って、幼い娘を道連れに海へと消えていったお敏……。

武蔵が手を振り解いて逃げたとき、お敏はどんな想いでいたのであろうか。

恐らく、自分について来てくれないことを哀しむ余裕《ゆとり》も、追いかける余裕もなかったに違いない。

それほど、お敏は疲れ果て、ただただこの世から存在を消し去ること以外は考えられなかったのであろう。

今となったら、何ゆえ、お敏が小平太にそこまで引け目を感じなければならなかったのか判らない。

が、少なくとも小平太と心底尽《しんていず》くになったばかりの頃には良き思い出があったのであろうし、もしかすると、その想いがお敏をそこまで支えたのかもしれない。

それも女ごの一つの幸せ……。

亀蔵はそう思うことで心に折り合いをつけようと思った。

「親分、何をぼんやりしてるんですよ。さっ、鮎飯ですよ！　まず、鮎飯だけで上がってみて、あとで、鰯焼味噌和えをご飯の上に載せて食べてみて下さい。それから、鰯と鮎のどちらに軍配《ぐんばい》を揚《あ》げるか決めてもらいますからね。いいですか！」

おさわが鮎飯を茶椀《ちゃわん》に装《よそ》い、亀蔵の前にぬっと突き出す。

亀蔵ははっと我に返ると、照れ笑いをした。

「よし、待ってな！　今、どっちが勝ちか決めてやるからよ」

亀蔵が鮎飯を掻《か》き込む。

その刹那、熱いものが胸に衝《つ》き上げてきて、ウッと噎《むせ》んだ。

「嫌だァ、じっちゃん。落着いて食べなよ！　ホント、じっちゃんて餓鬼みたいなんだから……」

みずきがちょっくら返し、食間にわっと笑い声が上がった。

「まあ、そうだったのですか……」

亀蔵から話を聞いたおりきの頬に、つと翳《かげ》りが過ぎる。

「武蔵の父親《てておや》は飯盛小平太と名乗っていたそうだが、恐らく、本名じゃねえだろう。飯盛というのは小平太とお敏が奉公していた旗本の名だそうでよ。小平太は草履取りをしていたというから、武家の身分があったかどうかは定かじゃねえ……。まっ、俺の勘《かん》では、奉公先を追い出され、大方、腹いせのつもりで飯盛の名を拝借《はいしゃく》したのだろうて……。それが証拠に、飯盛の名を名乗っていたのは小平太だけでよ。大家の話じゃ、人別帳《にんべっちょう》にはお敏と餓鬼二人の苗字は記載《きさい》されていなかったそうでよ。思うに、小平太という野郎は武家奉公が出来たことで、てめえまでが侍《さむれえ》になったつもりでいたのだろう……。哀《あわ》れな話じゃねえか。恐らく、お敏は自分のせいで小平太の夢を絶《た》たせてしまったと慚愧《ざんき》の念に堪《た》えず、片腕を失った小平太のために骨身《ほねみ》を削《けず》ってきたのだろう。だが、遂に、矢折れ力尽き果てた……」

「それで、二人の子を道連れに死を選んだというわけなのですね」

おりきが深々と肩息を吐く。

働けど働けど、依然《いぜん》、亭主が残した借金がついて回り、お敏が世を儚《はかな》み喪心《そうしん》した気持はおりきにも手に取るように解った。

が、子には罪はないのである。

恐らく、お敏は子を遺《のこ》していくことを不憫に思い道連れにしようとしたのであろうが、果たして、親が子の生命《いのち》を奪ってよいものだろうか……。

子は決して親のものではなく、一個の人間なのである。

ならば、その前途《ぜんと》に何が控《ひか》えているか判らない。

お敏に抱かれて海に沈んでいったすみれに、死ぬのは嫌だと母の手を振り解いて逃げた武蔵……。

そして、毒入り大福を食べた振りをして吐き出したおひろ……。

武蔵もおひろも、子供ながらも生きることを主張したのである。

だが、そうして生き残った二人の心に、拭《ぬぐ》おうにも拭いきれない深い疵が……。

なんとも酷《むご》い話ではないか……。

かと言って、誰がお敏を責められようか。

だからこそ、遣り切れない話なのである。

「では、小平太さんの行方《ゆくえ》は判らずじまいということで？」

おりきがそう言うと、亀蔵は苦々しそうに唇をへの字に曲《ま》げた。

「それがよ、奴が先《せん》に奉公していた旗本屋敷に問い合わせてみようかと思ったんだが、如何《いかん》せん、町方には手が出せねえ……。それに、いくらなんでも、小平太が追い出された屋敷に舞い戻っているとは考えられねえからよ。となると、他の中間部屋か……。が、そうなると、ますます手が出せねえときた。それで考えたんだが、いずれにしても、あの男は二度と戻って来ねえだろう。生きているのか死んでいるのか判らねえが、武蔵の父親《てておや》はもう死んだ……。そう思うことにしたのよ」

「では、もう捜さないということなのですね？」

「ああ……。事情が判ったからには、今さら捜したところで意味がねえ！　武蔵にもそのことはよくわかっているはずだ。あの餓鬼、父親《てておや》は二年前《めえ》に出て行った、とけろっとした顔をして言ってたからよ。子供心にも、あいつの中じゃ、とっくの昔に父親《てておや》は死んじまってるのよ……」

亀蔵が煙草盆《たばこぼん》を引き寄せる。

そうかもしれない……。

おりきも武蔵が父親《てておや》について話したときのことを思い出した。

父親の片腕がなかったと聞いたおりきが何故なのかと訊ねると、武蔵は誰かに斬られたが誰に斬られたのか知らないと言い、

「訊いたって、何も教えちゃくれねえ。おっかさんもおとっつァんの腕のことには触れちゃなんねえって……。おとっつァんの機嫌が悪くなるんだよ。それで、いつもおとっつァんの顔色を窺っては、皆、ぴりぴりしてたんだ……。だから、おいら、おとっつァんが戻って来なくなって、本当は嬉しかったんだ！　おっかさんの前ではそんなことは言わなかったけど、きっと、すみれだってそう思ってたんだよ！」

と続けたのである。

そのときの武蔵の面差しには憎《にく》しみこそあれ、恋しさなど微塵芥子《みじんけし》ほどもなかった。

が、母親への気遣いは、言葉の端々《はしばし》に見られた。

お敏の前で父親《ておや》のことを口にして哀しませてはならないと気遣い、自分まで道連れにしようとしたお敏には、おっかさんね、もう疲れたって言ってた……、何もかもが嫌になったって……、と弁解するように言い、母の気持を理解しようとしていたのである。

そこまで母の気持を理解した武蔵が、それでも手を振り解いて逃げたのであるから、傍《はた》の者にはその心の疵を計《はか》ろうにも計りきれない。

おひろのように塞《ふさ》ぎ込むこともしなければ、敢えて平然と振る舞おうとする武蔵に、おりきの胸はぎりぎりと疼《うず》いた。

武蔵とおひろ……。

心の疵を癒《い》やすには、まだ暫くときがかかるのかもしれない。

「と、まあ、そんな理由《わけ》でよ。ところで、あの二人、今日で三日になるが、少しはあすなろ園に慣れてきたみてェかよ?」

亀蔵が煙管《きせる》の煙を長々と吐き出し、灰吹《はいふ》きに雁首《がんくび》をバシンと打ちつける。

「ええ。やっと、おひろちゃんが食事をまともに食べてくれるようになりましてね。やはり、子供は子供同士……。他の子供たちが美味しそうに食べるのを目にして、怖々《こわごわ》と豆ご飯や冷や汁に箸をつけたそうでしてね。貞乃さまの話では、冷や汁を口にしたおひろちゃんが信じられないって顔をしたかと思うと、それからは夢中で食べたそうですの。貞乃さまね、恐らく、これまでろくな食べ物を口にしていなかったのではなかろうかと……」

「ああ、そうかもしれねえな。おひろの親のことも少し調べてみたんだが、どうやら、おひろは先妻の娘《こ》らしくてよ。二年前《めえ》におっかさんが亡くなって、その後、元吉《もときち》という父親《てておや》の後添《のちぞ》いに入《へえ》ったのが、お市《いち》という女ごでよ。お市には連れ子が二人いてよ。

それが此度《こたび》巻き添えになったおひろの義妹《いもうと》と義弟《おとうと》ってわけでよ……。ところがこのお市という女ごが派手《はで》なことの好きな女ごでよ……。商《あきな》いひと筋だった元吉を変化朝顔の道に誘《さそ》い込んだというのよ。道楽が悪いというわけじゃねえ。朝顔を創《つく》ろうが金魚《きんぎょ》を愛《め》でようが、商いの傍《かたわ》らというのなら文句は言えねえが、品評会で賞を取ることだけに一途《いちず》になっちゃ終《しめ》ェでよ……。気づくと、いつの間にか借金が嵩《かさ》み、二進《にっち》も三進《さっち》もいかなくなっていたというのよ……。おひろは母親が生きていた頃には一人娘として大切《てえせつ》に育てられ、手習塾にも通わせてもらっていたが、継母《ままはは》が来てからは天と地が引っ繰《く》り返《けえ》ったかのような扱《あつか》われ方をされてよ……。女ごの子が生意気《なまいき》に手習などすることはないと指南所を辞《や》めさせられ、何かにつけて継子《ままこ》扱い……。おひろが親の言いなりに大福餅を食わなかったのは、子供なりにそんな抵抗があったからかもしれねえ……」

亀蔵が苦虫を嚙み潰したような顔をする。

成程、それで、おひろはこれまで土産など持って帰ったことのない父親《てておや》が大福餅を買って帰って来たことを不審《ふしん》に思い、何かあると読んだのであろう。

すると、これは元吉一人が仕組んだことで、継母は大福餅に石見銀山が仕込まれていると知らずに食べたということなのだろうか……。

その疑問をおりきが亀蔵にぶっつけると、亀蔵は、ああ、そのようだのっ、と頷いた。

「元吉は後添いを貰《もら》ったことで、てめえの人生の歯車が狂ったように思えたのだろうて……。裏店の連中の話では、後添いというのは権高《けんだけ》ェ女ごだったようで、元吉のすること為すことすべてに難癖《なんくせ》をつけ、そのうえ、金遣《かねづけ》ェは荒《あれ》ェし、元吉に変化朝顔を勧めたのも、品評会にちゃらちゃらした着物《べべ》を着て行きたかったからだそうでよ！　へっ、開いた口が塞がらねえとは、まさにこのこと！　元吉が女ご共々てめえも死のうとしたその気持が解らないでもねえからよ……」

「おひろちゃん、薄々、父親《てておや》の気持を察していたのでしょうね」

おりきは堪らない気持になった。

「だが、おひろは助かったんだ！　それでよしとしようじゃねえか……。案外《あんげえ》、死んだおひろの母親が、おひろが大福餅を食うことを阻止《そし》したのかもしれねえしよ。おっ、それより、冷や汁と聞いたら腹がひだるく（空腹）なっちまったぜ……。暑い夏には、あれほど食をそそる食い物はねえからよ。そりゃそうと、おりきさん、鰯焼味噌和えって知ってるか？」

亀蔵が思いついたように言う。

「いえ、知りませんけど……」

「それがよ……」

亀蔵がひと膝前に躙《にじ》り寄ると、鰯焼味噌和えの説明をする。

「なっ? 鰯焼味噌和えと聞いたら、誰だって、焼いた鰯を味噌で和えたものと思うだろ? ところがどっこい、これが器《うつわ》に味噌を塗って焼き焦がし、その中に、刺身で食えるほど新鮮な鰯を手開きにして解《ほぐ》して混ぜるのだからよ……。美味《うめ》ェのなんのって! なんでェ、知らねえのかよ。じゃ、今度、巳之《みの》さんに言って作ってもらうといい……。と言っても、立場茶屋おりきのような料理旅籠《りょうりはたご》では、そんな下賤なものは食わねえってか?」

「いえ、とんでもありませんわ。榛名に言えば作ってくれるでしょうし、それに、旅籠でも朝粥膳《あさがゆぜん》にそれを一品加えるというのもよいかもしれませんわね」

「おう、そうよ! その手があるじゃねえか……。まっ、騙《だま》されたと思って、一度食ってみるといい。そりゃそうと、おりきさん、鰯のことを紫とか、おむらって呼ぶのを知ってたか?」

亀蔵が仕こなし振りに、にたりと笑う。

「ええ、知っていますよ。女房詞でしょう?」

亀蔵は拍子抜《ひょうしぬ》けしたような顔をした。

「なんでェ、知ってたのかよ……」

亀蔵がつまらなそうに唇を尖《とが》らせる。

どうやら、知らないと答えてやったほうがよかったようである。

おりきはくすりと肩を揺すった。


翌日、達吉が文《ふみ》を手に帳場に駆け込んで来た。

達吉の手には、封書が三、四通……。

恐らく、予約の文なのであろうが、それにしては、達吉のこの慌てぶりはどうだろう。

「どうしました？　息が上がっているではないですか」

達吉はハァハァと喘ぎ、肩を竦めてみせた。

「へえ、それが……。表で飛脚《ひきゃく》に呼び止められやしてね。旅籠に文だというんで予約の文だろうと何気なく受け取ったんでやすが、差出人を見ると、なんと、吉野屋《よしのや》さまからの文が混じってるじゃありやせんか！　吉野屋さまが江戸に出立《しゅったつ》されてほぼ一月《ひとつき》……。あれきり音沙汰《おとさた》がねえもんだから、帰《けえ》りはうちに寄らずにそのまま京《きょう》に帰《けえ》られたのかと思ってやしたら、なんと、これは江戸の深川《ふかがわ》からじゃありやせんか！　てこたァ、今までずっと江戸にいなさったってこと……。商いにしては随分と長《なげ》ェ逗留《とうりゅう》と思いやしてね。これは早《はえ》ェことと女将さんに知らせなきゃと思い、慌てて駆けて来やしたんで……。えへっ、これしきのことで息が上がるとは、あっしもつくづく焼廻《やきまわ》っちまったもんだぜ……。へっ、これがその文でやす」

達吉が吉野屋幸右衛門《こうえもん》からの文を差し出す。

文は幸右衛門から以外に三通あったが、どれも常連客からである。

おりきは幸右衛門の封書を解いた。

文には、先日やっと深川加賀町《かがちょう》で弟勝彦《かつひこ》が見つかったが、勝彦は病《やまい》を得ていて、このまま放っておくわけにもいかない、とは言え、深川に信頼できる医者の心当たりもなく、また自分が付き添《そ》うにしても江戸に長逗留というのは心許《こころもと》なく、なんとしてでも女将の口添《くちぞ》えのもとに内藤素庵《ないとうそあん》さまに診《み》ていただきたく、宜しく取り計らってもらえないだろうか……、ついては、当面あたしどもが立場茶屋おりきに滞在することになるため、部屋を確保しておいてもらえると有難いのだが、既に旅籠は満室で部屋が確保できないようなら、茶室《ちゃしつ》に寝泊《ねと》まりさせてもらっても構わないのだが、なんとか便宜《べんぎ》を図《はか》ってほしい……、とあった。

おりきは安堵《あんど》と不安が綯《な》い交《ま》ぜになった、複雑な想いに陥《おちい》った。

勝彦を見つけ出すまで京に戻らないと言っていた幸右衛門であるが、ほぼ一月《ひとつき》かけて、やっと見つけたようである。

とは言え、勝彦は病を得ているというではないか……。

これだけでは、まだ勝彦の病が何なのか、病状がどうなのかも判らない。

だが、内藤素庵に診察を願うとは、決して楽観できない状態ということなのだろう。

「吉野屋さまはなんて？」

おりきの反応を見て、達吉が気遣わしそうに訊ねる。

おりきはこれまで幸右衛門から打ち明けられたことを達吉に伝えていなかった。

が、こうなると、話さないわけにはいかないだろう。

「現在《いま》、吉野屋さまは深川加賀町の旅籠に逗留なさっているそうですが、帰路《きろ》、立場茶屋おりきに立ち寄られるとのことです」

おりきがそう言うと、達吉は眉《まゆ》を開き、なァんだ…、と言った。

「江戸の帰《けえ》りにうちに立ち寄られるのは毎度のことではありやせんか！　それで、いつ、お見えになるんでやすか？」

「いいえ、それがね……。実は、おまえにまだ伝えていないことがあるのです」

「と言うと？」

「実は、吉野屋さまの此度《こたび》の江戸行きは商いのためではなく、弟さんを捜しに行かれたのですよ……。達吉が驚くのも無理はありません。わたくしも吉野屋さまに弟さんがいらっしたとは知りませんでしたからね……」

おりきはそう言うと、幸右衛門と弟勝彦との間にあったことを話して聞かせた。

「まさか、そんなことが……。じゃ、弟が旦那のおっかさんを殺《あや》めたってことに……」

達吉が信じられないといった顔をする。

「いえ、過失なのですよ。吉野屋さまのお母さまが父親《ておや》に殴《なぐ》りかかった勝彦さんを止めようとして間に入り、弾《はず》みで長火鉢の角でこめかみを打ちつけてしまわれたのですからね。けれども、吉野屋さまにはそれが許せなかった……。勝彦さんが下借腹《げしやくばら》（妾《しよう》腹《ふく》）の子と知って自棄無茶《やけむちや》になった気持は理解できても、それまで我が子同様に慈《いつく》しんで育てたお母さまを、勝彦さんのせいで死なせることになってしまったのですからね。一時は、吉野屋さまも勝彦さんに恨《うら》み心を持っておられたようですが、先代の女将の言葉、人を祈らば穴二つ……、この言葉にどれだけ荒《すさ》んだ心を癒やされたことか……、勝彦を恨んではならない、自分が苦しい以上に、勝彦は消そうにも消せない呵《か》責《しやく》に苛《さいな》まれ、自分よりももっと苦しいのだろうから……、と吉野屋さまはそうおっしゃっていました。けれども、勝彦さんはお義母《かあ》さまの死を目の当たりにして見世を飛び出してしまい、それっきり行方が判らなくなったそうです。ところが最近になって、江戸で勝彦さんを見たという者が現れ、吉野屋さまは矢も楯《たて》も堪らなくなったそうでしてね。それで、なんとしてでも捜し出そうと思われたのですよ。と言うのも、勝彦さんが浅草《あさくさ》の街を道楽寺和尚《どうらくじおしよう》の形《なり》をして歩いていたそうでしてね」

道楽寺和尚という言葉に、達吉の頰が強張《こわば》る。

「道楽寺和尚の形とは、あの物貰《ものもら》いの？　へえ、そりゃまた……」

達吉が驚くのも無理はなかった。

道楽寺和尚とは、道楽の限りを尽くし身代《しんだい》を食いつぶした者が、他人《ひと》の情《なさ》けに縋り生きていく術のひとつ……。

「それを聞いて吉野屋さまは身の毛の弥立《よだ》つ思いだったとか……。と言うのも、二十年ほど前に、一度だけ勝彦さんが吉野屋を訪ねて来たことがあったそうでしてね。既にお父さまは亡くなられていたのですが、吉野屋さまは恐らく金の無心《むしん》に違いないと思われ、番頭に追い払うように言いつけたそうでしてね。ひとたび甘い顔を見せれば味を占め、二度三度と無心を重ねるようになり、勝彦さんのためにもそれは決してよいことではないと判断されたからなのでしょうが、あのとき、直接逢《あ》って話を聞こうともせずに追い払ったことが、ずっと吉野屋さまの中で悔《く》いとなって残ってしまったのでしょうね。せめて、あのとき逢って話を聞き、何か手立《てだ》てを考えてやっていれば、少なくとも勝彦さんは現在《いま》のような姿になっていなかったのではなかろうかと……」

達吉もふうと太息を吐く。

「確かに、言えてやすね。けど、それはしょうがねえんじゃ……。あっしが思うに、きっと、吉野屋さまのおとっつァんが生きていたとしてもそうされただろうし、言ってみれば、吉野屋さまと勝彦って男は腹違《はらちげ》ェ……。しかも、大切《てえせつ》なおっかさんをその男のために死なせちまってるんだからよ」

ああ……、とおりきは目を閉じた。

やはり、誰しもそう思うのである。

思って当然であろう。

が、つと、おりきの脳裡《のうり》に幸右衛門の悲愴《ひそう》な顔が甦《よみがえ》った。

「あたしはなんて度量《どりょう》のない男だろうか……。吉野屋を護るためとはいえ、血を分けた弟を切り捨ててしまったのだからね。そう思うと、ろくすっぽうものが喉《のど》を通らなくなり、眠っていても魘《うな》されることがしばしば……。それで、腹を決めたんだよ。勝彦を捜し出そう。逢って、ひと言詫《わ》びを言わなければ、死ぬに死にきれないと……」

「だが、この広い江戸で捜し出すのは、砂浜で針《はり》を捜すにも等《ひと》しい……。唯一《ゆいいつ》の手掛かりが、大道芸人の集まる場所にいる可能性が大ということで、実は、勝彦の顔を知った店衆《たなし》を江戸に先乗りさせ、浅草、両国《りょうごく》、深川と探《さぐ》らせているんだよ。とは言え、見つけ出せるのはいつのことやら……。だが、これは老《お》い先短いあたしに課《か》せられた、最後の課題だと思えてね」

そう言い、勝彦を見つけ出すまで京には戻らないと続けた幸右衛門……。

幸右衛門は勝彦のためというだけでなく、自分のためにも、なんとしてでも捜し出そうとしたのである。

「けど、まっ、見つかってようござんしたね。では、吉野屋さまは勝彦さんを連れて京にお戻りになるってわけで……。てこたァ、此度のお泊まりは二名ってことで？」

達吉が太平楽《たいへいらく》に言う。

「いいえ、話は最後まで聞くものですよ。実はね、勝彦さんはご病気のようですの。それで、素庵さまに診てもらうことは出来ないものかとわたくしに問い合わせてみえたのです」

「病とは一体《いってぇ》……。で、容態《ようでぇ》は？」

「そこまでは文に書いてありません。けれども、素庵さまに頼んでほしいということや、その間、吉野屋さまがここに逗留すべく部屋を確保してほしい、客室が満室のようなら茶室でもよいとまで文に認めてあるということは、勝彦さんの容態があまり芳《かんば》しくないということ……。とにかく、わたくしはこれから素庵さまを訪ねて参りますので、客室の手配は大番頭さんに委《まか》せます。現在《いま》はまだ、いつからとは言えませんが、極力《きょくりょく》、吉野屋さまに一部屋使っていただけるように計って下さいませんか」

「へっ、解りやした」

おりきは身支度《みじたく》をすると、内藤素庵の診療所のある南本宿《みなみほんじゅく》へと急いだ。

素庵はおりきから話を聞くと、眉根を寄せた。

「深川加賀町といえば、本道《ほんどう》（内科）の築石良山《つきいしりょうざん》という名高《なだか》い医師がいるが、それでも、このわたしに診てほしいとな……。とすれば、これは決して予断《よだん》の許されない状態ということ……」

おりきの顔からさっと色が失《う》せる。

「つまり、もうあまり永《なが》くはないということで……」

「診てみないことにはしかとしたことは言えないが、この御仁《ごじん》は病人を看取《みと》る覚悟のように思えるのでな……。よって、気心の知れた立場茶屋おりきに我が身を寄せ、病室をしばしば見舞いたいということではないかと……」

素庵に言われ、おりきもやっと納得《なっとく》がいった。

恐らく、幸右衛門は長逗留になることを覚悟のうえ、おりきに何もかもを依頼してきたのであろう。

「女将、了解したぞ！　先方《せんぽう》にいつでも病人を連れて来てもよいと伝えてくれないか。うちは病室の仕度をして待っているのでな」

「有難うございます。では早速、深川に早飛脚《はやびきゃく》を立てますので、早ければ、明後日にでも、こちらに連れて来ることになるかもしれません。どうか宜しくお願い致します」

おりきは深々と頭を下げ、診療所を後にした。

葉月《はづき》（八月）に入り、風は早くも秋の気配《けはい》を孕《はら》んでいる。

おりきは秋風の中に、たとえようのない心寂《うらざみ》しさを覚えた。

京の染物問屋の跡取《あとと》り息子として生まれ、すべてが順風満帆《じゅんぷうまんぱん》に見えた幸右衛門だが、ここまでの千辛万苦《せんしんばんく》があったとは……。

元々病弱だった内儀《ないぎ》には長患《ながわずら》いの末亡くなられ、永年《ながねん》看病をしてきたお端女《はした》を後添いに迎えたのはいいが僅《わず》か三年弱でその女ごまで失ってしまい、それだけでも女房運の悪い男といえるのに、なんと、母親までもが弟の過失により生命《いのち》を落としていたのであるから……。

おりきは今初めて、何ゆえ、幸右衛門がおりきの中に癒しを求めようとしたのか解ったような気がするのだった。

「末吉《すえきち》、末吉はいませんか？」

おりきは幸右衛門への文を認めると、中庭に出て行った。

泊まり客を迎えるに当たり、玄関先に打ち水をしていた吾平《ごへい》が振り返る。

「末吉の奴、四半刻《しはんとき》(三十分)ほど前《めえ》に、子供たちに蜻蛉《とんぼ》釣りを教えるとあすなろ園に行ったままでやすが、あっ、呼んでめえりやしょうか？」

「まあ、蜻蛉釣りを……。もう蜻蛉が出るとは、やはり、秋が立ったということなのでしょうね」

「へえ、赤蜻蛉《あかとんぼ》を捕《つか》まえたそうで……。末吉の話じゃ、裏庭で赤蜻蛉が群《むれ》を成して飛んでいるとかで、これはなんでも、餓鬼どもに蜻蛉釣りの要領を教えなきゃって……」

「そうですか……。便り屋まで走ってもらおうかと思ったのですがね」

「あっ、文をお出しになるんでやすね？　ようがす、あっしがひとっ走りして参りやしょう」

「そうしてくれますか？　一刻《いっこく》も早く出したいと思いましてね」

「あっ、早飛脚でやすね？　へっ、解りやした」

「返書を貰ってきてほしいので、割増《わりまし》を払って下さいね」

「あっ、深川加賀町の旅籠立浪《たつなみ》にお泊まりの吉野屋幸右衛門さまにでやすね？　へっ、解りやした！」

吾平が封書を手に通路に向けて駆けて行く。

文には、内藤素庵がいつでも病人を受け入れる態勢《たいせい》を調《ととの》えてくれていることと、幸右衛門のために浜木綿《はまゆう》の間を空《あ》けて待っていると認めてあった。

恐らく、幸右衛門は病人の状態を見て、早ければ明後日にでも勝彦を四ツ手（駕《か》籠《ご》）に乗せてやって来るだろう。

おりきは目の先から吾平の背が消えると、裏庭に廻《まわ》った。

七ツ（午後四時）を過ぎ、爽《さわ》やかな風が頬や項《うなじ》を撫《な》でていく。

茶室の脇の裏庭に通じる枝折り戸《しおりど》には筑紫萩《つくしはぎ》が枝垂《しだ》れ下り、足許《あしもと》には、杜鵑草《ほととぎす》が……。

そして、裏庭の菊畑《きくばたけ》に目をやると、沢白菊《さわしらぎく》、紫苑《しおん》、野紺菊《のこんぎく》が……。

そこかしこに秋の気配が漂《ただよ》っていた。

その秋色一色《あきいろいっしょく》の裏庭に、子供たちの七色声《なないろごえ》が響き渡る。

「悠坊《ゆうぼう》の下手《へた》っぴい！　おめえ、振り回し方が悪《わり》ィんだよ！」

勇次の声である。

「ねっ、見て、見て！　おいらの蜻蛉に雄《おす》が齧《かじ》りついたよ」

武蔵が棒の先につけた糸を器用《きよう》に回しながら叫ぶ。

「おっ、上手《うめ》ェ、上手ェ！　けど、おいらが勝ちだ。見なよ、雌《めす》の尻尾《しっぽ》に雄が三匹も食らいついてるんだからよ！」

なんと、勇次の棒の先の糸には、雌の尻尾に食らいついた雄が三匹も数珠《じゅず》つなぎとなっているではないか……。

蜻蛉釣りとは、雌の蜻蛉を糸で棒の先につけ、棒を振り回して雄が雌の尻尾に齧りつくのを捕《と》らえる遊びのことである。

こうすれば、一匹の雌で何匹でも捕らえられ、子供たちは捕獲《ほかく》した蜻蛉の数を競《きそ》い合うのだった。

雌で雄を釣るから蜻蛉釣りとは、言い得て妙である。

そして、女ごの子たちといえば、抜き足差し足、草の葉に留《と》まった蜻蛉に近寄ると、指先をくるくると回しているではないか……。

蜻蛉が目を回すのを待ち、その隙《すき》に捕《つか》まえるのであるが、こっちはなかなかどうして、すんなりとはいかないようである。

「嫌だァ、また逃げられちまった！」

おいねが悔しそうに大声を上げると、

「もう……、おいねちゃんたら！　大声を上げるもんだから、あたしの蜻蛉まで逃げちまったじゃないか！」

と、おせんが腹立《はらだ》たしそうに言う。

「そうだよ！　こんなことしたって、捕《と》れやしない……。いいな、男の子だけ蜻蛉釣りをするなんて……。末吉あんちゃん、あたしにも作ってよ！」

恨めしそうにそう言ったのは、みずきのようである。

咄嗟《とっさ》に、おりきはおひろの姿を目で捜した。

おひろは女ごの子の輪から少し外《はず》れたところで、空に舞う赤蜻蛉の群を見上げていた。

やはり、まだ他の子との間に矩《のり》があるのであろうか……。

おりきはつと顔を曇《くも》らせかけたが、おひろの面差しから昏《くら》い影が失せているのに気がついた。

少しずつ、ほんの少しずつでも、おひろが心を開きかけているということ……。

おりきの胸が熱いもので覆《おお》われた。

そして、武蔵はと見れば、雌の尻尾に雄が食らいついたのに満足げに頬を弛めている。

が、何より、おりきを安堵させたのは、悠基であろうか……。

悠基の妹茜《あかね》が市谷田町《いちがやたまち》の数珠屋念仏堂《じゅずやねんぶつどう》に貰われていって三月《みつき》近く経つが、当初はすっかり潮垂《しおた》れてしまい、その顔から笑顔《えがお》が消えてしまったのを貞乃たちが案じていたが、この頃うちやっと、元気を取り戻してきたようである。

「妹思いの子だからさ……。これまで自分が妹を護らなきゃと気を張ってきたのに、妹の先行《さきゆ》きのためと言われて引き離されちまったのだもの、寂しいというか、心の張りがぷつりと切れたんだろうさ……。それなのに、周囲《まわり》の者にはなんでもないよって顔で徹《とお》してるんだもの、傍で見ていると、切《せつ》なくなっちまってさ……。あれでも、寂しいとか、茜ちゃんはどうしているだろうかと口に出して言ってくれればまだいいんだけど、あれ以来、茜ちゃんのことを一切口にしないんだからさ……。それだけ哀しみが深いんだろうけど、あたしたちにはどうしてやることも出来なくってさ……」

キヲは悠基のことをそう話していた。

が、貞乃から聞いた話では、あすなろ園におひろと武蔵の二人が加わったことで、悠基にほんの少し明るさが戻ったように見えるとか……。

「恐らく、あの二人が悲惨な目にあったと知り、子供心にも、自分を憐《あわ》れんでばかりもいられないと思ったのでしょうね。おひろちゃんも武坊も家族の死を目の当たりにしなければならなかったけど、自分の場合は、離れ離れになったといっても茜ちゃんは生きている……。そう思ったのかどうか、歳も近いせいもあり、懸命に二人を庇《かば》おうとしていましてね。わたくしね、その姿を見て、悠坊はもう大丈夫だと安心しましたのよ」

貞乃はそう言ったが、おりきも悠基の目の輝きを見て、ほっと安堵の息を吐くのだった。

と、そのとき、おひろがあっと声を上げた。子供たちが驚いたようにおひろを見る。

滅多《めった》に声を出さないおひろに、一体、何が……。

恐らく子供たちはそう思ったのであろう。

おひろは東の空を指差していた。

つられて、子供たちの視線も空へと……。

「わっ、虹《にじ》だ！」

「ホントだ……。なんて綺麗なんだろう！」

「もう夕方だから、夕虹《ゆうにじ》だ。きっと、明日《あした》もお天気だね！」

子供たちが口々に言い、目を輝かせる。

おりきも半円形《はんえんけい》の虹を見上げ、目を細めた。

この世は悪いことばかりではない、きっと、良いことも待っている……。

何故かしら、おりきには虹がそんなふうに囁きかけているように思えたのである。

本書は、時代小説文庫（ハルキ文庫）の書き下ろし作品です。

時代小説文庫
い6-26

君影草《きみかげそう》 立場茶屋《たてばぢゃや》おりき

著者 今井絵美子《いまいえみこ》

2014年6月18日第一刷発行

発行者 角川春樹

発行所 株式会社 角川春樹事務所
〒102-0074 東京都千代田区九段南2-1-30 イタリア文化会館

電話 03(3263)5247[編集] 03(3263)5881[営業]

印刷・製本 中央精版印刷株式会社

フォーマット・デザイン&シンボルマーク 芦澤泰偉

ISBN978-4-7584-3827-8 C0193

http://www.kadokawaharuki.co.jp/[営業]
fanmail@kadokawaharuki.co.jp[編集] ご意見・ご感想をお寄せください。

今井絵美子

母子燕《おやこつばめ》 出入師夢之丞覚書

書き下ろし

半井夢之丞は、深川の裏店で、ひたすらお家再興を願う母親とふたり暮らしをしている。亡き父が賄を受けた咎で藩を追われたのだ。鴨下道場で師範代を務める夢之丞には〝出入師〟という裏稼業があった。喧嘩や争い事を仲裁し、報酬を得ているのだ。そんなある日、呉服商の内儀から、昔の恋文をとり戻して欲しいという依頼を受けるが……。男と女のすれ違う切ない恋情を描く「昔の男」他全五篇を収録した連作時代小説の傑作。シリーズ、第一弾。

今井絵美子

星の契 出入師夢之丞覚書

書き下ろし

七夕の日、裏店の住人総出で井戸浚いをしているところに、伊勢崎町の熊伍親分がやって来た。夢之丞に、知恵を拝借したいという。二年前に行方不明になった商家の娘・真琴が、溺死体で見つかったのだが、咽喉の皮一枚残して、首が斬られていたのだ。一方、今度は水茶屋の茶汲女が消えた。二つの事件は、つながっているのか?（「星の契」）。親子、男女の愛情と市井に生きる人々の人情を、細やかに粋に描き切る連作シリーズ、第二弾。

時代小説文庫

今井絵美子
鷺の墓

書き下ろし

藩主の腹違いの弟・松之助警護の任についた保坂市之進は、周囲の見せる困惑と好奇の色に苛立っていた。保坂家にまつわる因縁めいた何かを感じた市之進だったが……(「鷺の墓」)。瀬戸内の一藩を舞台に繰り広げられる人間模様を描き上げる連作時代小説。「一編ずつ丹精を凝らした花のような作品は、香り高いリリシズムに溢れ、登場人物の日常の言動が、哲学的なリアリティとなって心の重要な要素のように読者の胸に嵌め込まれてくる」と森村誠一氏絶賛の書き下ろし時代小説、ここに誕生!

今井絵美子
雀のお宿

書き下ろし

山の侘び寺で穏やかな生活を送っている白雀尼にはかつて、真島隼人という慕い人がいた。が、隼人の二年余りの江戸遊学が二人の運命を狂わせる……。心に秘やかな思いを抱えて生きる女性の意地と優しさ、人生の深淵を描く表題作ほか、武家社会に生きる人間のやるせなさ、愛しさが静かに強く胸を打つ全五篇。前作『鷺の墓』で「時代小説の超新星の登場」であると森村誠一氏に絶賛された著者による傑作時代小説シリーズ、第二弾。

(解説・結城信孝)

時代小説文庫

今井絵美子

美作の風

津山藩士の生瀬圭吾は、家格をおとしてまでも一緒になった妻・美音と母親の三人で、つつましくも平穏な暮らしを送っていた。しかしそんなある日、城代家老から、年貢収納の貫徹を補佐するように言われる。不作に加えて年貢加増で百姓の不満が高まる懸念があったのだ。山中一揆の渦に巻き込まれた圭吾は、さまざまな苦難に立ち向かいながら、人間の誇りと愛する者を守るために闘うが……。市井に生きる人々の祈りと夢を描き切る、感涙の傑作時代小説。

（解説・細谷正充）

今井絵美子

蘇鉄の女《ひと》

化政文化華やかりし頃、瀬戸内の湊町・尾道で、花鳥風月を生涯描き続けた平田玉《ぎょく》蘊《うん》。楚々とした美人で、一見儚げに見えながら、実は芯の強い蘇鉄のような女性。頼山陽と運命的に出会い、お互いに惹かれ合うが、添い遂げることは出来なかった……。激しい情熱を内に秘め、決して挫けることなく毅然と、自らの道を追い求めた玉蘊を、丹念にかつ鮮烈に描いた、気鋭の時代小説作家によるデビュー作、待望の文庫化。